신조선전기 1권

초판1쇄 펴냄 | 2018년 10월 31일

지은이 | 다물
발행인 | 성열관

펴낸곳 | 어울림 출판사
출판등록 / 2009년 1월 23일 제313-2009-12호
주소 / 경기도 고양시 일산동구 장항동 731 동하넥서스빌딩 307호
TEL / 031-919-0122
FAX / 031-919-0127
E-mail / 5ullim@hanmail.net

값 8,000원

ISBN 978-89-992-4795-8 (04810)
ISBN 978-89-992-4794-1 (SET)

OULIM FANTASY BOOK

1

다물 역사판타지 장편소설

신조선 전기

어울림

新 신조선전기

목차

본 소설은 허구입니다. 실제적 역사나 사실과 다를 수 있습니다.

신조선책기 新

수 세기를 거슬러 오르다

“얼마나 남았습니까?”

“조금입니다. 5초, 4초, 3초, 2초, 1초, 굴착 종료! 채광을 실시하겠습니다.”

“제발 예측이 맞아야 할 텐데…….”

“문제없을 겁니다. 세번이나 확인했지만 막대한 엘륨이 묻혀 있었습니다. 한시간 정도 지나면 원석이 채광될 겁니다.”

굴착 진척도가 보이는 컴퓨터 화면 앞에 한 직원이 서 있었다. 그는 키가 크고 단정한 외모를 지닌 남자로 이름은 '유성한'이었다. 그리고 대한민국 우주개발국에 속한 직원이었다. 그는 인부들의 작업을 감독하고 있었다.

모니터링을 하는 시선은 걱정과 기대를 동시에 품고, 벌레가 파먹은 것 같은 터널을 향했다.

황량한 사막을 병풍처럼 두른 상태에서 터널 속으로 이어져 있는 철로를 주시했다. 그리고 굴착하면서 생겨난 암석들이 쏟아져 나오는 것을 봤다. 컴퓨터로 제어되는 화물열차에서 실려 나오는 암석을 보고 움찔했다가 다시 차분히 기다리기 시작했다.

성한의 상사가 수행원들을 이끌고 다가왔다. 상사의 이름은 조현식이었다.

중년의 상사가 성한에게 물었다.

"얼마나 남았지?"

"한시간 정도입니다."

"한시간 뒤면 우리나라의 미래도 바뀌게 되겠군. 그놈의 엘륨 때문에 얼마나 굽신거렸는지… 허리가 아예 닳아서 끊어지는 줄 알았어. 미국에게 빌빌 거리는 것도 이제는 끝이야."

"그래도 동맹국이라고 엘륨을 팔아주지 않았습니까? 아직도 속국 운운하는 중국이나 과거사를 인정하지 않는 일본보다는 낫다고 생각합니다."

"우릴 생각해서 팔았다면 고마울 일이지. 하지만 진심은 중국과 일본이 선점한 유사 지구에서 우리가 뒤섞여 싸우는 것이 미국의 계획이었다는 것을 알잖아. 우리가 이 행성을 발견한 것을 숨기지 않았다면 절대 엘륨을 팔지 않았을 거야. 홀로 독차지하고 다른 유사지구를 먹으려고 했겠지. 백조자리A나 B를 말이야. 아니면 전 우주를 차지하려고 했을 거야."

"외계 문명이 그것을 보고 가만히 있을까요?"

"있었다면 벌써 우리를 공격하지 않았을까? 그리고 학자들 말로는 우리가 우주 최초의 지적 생명체일 수도 있다고 했어. 앞으로의 우주 나이를 생각한다면 말이지. 어쨌든 공간 도약에 필요한 연료인 엘륨을 확보해야 돼. 그래야 우리에게 부족한 자원을 다른 행성에서 구할 수 있어."

나라에 대한 아쉬움이 컸다. 수천년에 이르는 한민족의 역사에서 다른 나라와 이민족에게 당당했던 시대는 고구려의 전성기였던 삼국시대 중기만이 유일했다. 그 외에는 다른 나라에 사대해야 했고 고토를 잃은 비좁은 영토에 만족해야 했다.

일제치하를 겪고 남북이 분단된 시대를 겪었다. 동족상잔의 비극을 겪은 뒤 이웃나라의 국익에 휘둘리다가, 어렵사리 통일을 이루고 국력을 키우기 시작했다.

그러다가 우주개척 시대를 맞이해 미국에 이어 공간 도약 기술을 확보했다. 그러나 여전히 자원의 혜택은 주어지지 않았다.

공간 도약에 쓰이는 엘륨이 맨틀 층에서 발견되면서 인류의 미래를 바꿀 새로운 자원으로 떠오르게 됐다.

하지만 그조차도 매장지가 한정되어 미국과 중국, 심지어 일본에도 엘륨이 발견됐지만 대한민국에선 발견되지 않았다. 국민들은 단군 할아버지를 탓을 하며 천연자원의 부족을 한탄할 수밖에 없었다.

세상이 우주로 나아갈 때 고개를 숙이며 타국의 요구를 들어주는 일도 발생했다. 과오를 뉘우치지 않아도 죄를 물을 수 없었다. 오만한 나라의 부당한 대우에 반론조차 제기하지 못했다. 그러나 그런 굴욕도 이제 끝이라고 믿었다.

터널 안에서 다시 화물차가 나오기 시작했다. 사람들의 시선이 광석을 싣고 나오는 화물차에 집중되는 동안 성한은 두근거리는 가슴을 진정시키며 차분한 모습으로 채광의 결과물을 확인했다.

그리고 옥처럼 영롱하게 빛나는 광석을 봤다. 터널에 설치된 카메라와 센서를 통해서 화물차에 실린 광석의 성분이 분석됐다. 컴퓨터 화면을 보고 있던 기술자가 크게 소리쳤다.

"엘륨입니다! 순도 80퍼센트 이상! 성공입니다!"

"와아아아!"

"우리도 식민지를 세울 수 있다! 크하하하!"

벼락같은 환호성이 터졌다. 모두가 얼싸안으면서 손을 번쩍 들고 기뻐했다. 그제야 성한도 소리를 지르면서 통쾌함을 즐겼다.

성간 너머의 행성을 점령하고 거기로부터 국민들에게 필요한 자원을 채취해 세계 제일의 나라가 되는 것을 상상했다. 그리고 중국과 일본의 잘못을 인정케 하고 두 나라를 용서하는 대범한 일까지 떠올리면서 앞으로 있을 순간을 기대하기 시작했다.

모든 것을 이뤘다는 생각에 긴장이 풀렸다.

소리를 지르다가 성한이 비틀거렸다. 현식이 피식 웃으면서 성한에게 물었다.

"머리에 피가 몰린 건가?"

성한이 헛웃음 지으면서 현식에게 말했다.

"며칠 동안 제대로 잠을 잘 수 없었습니다. 조금 쉬어야 할 것 같습니다."

"그래. 그토록 고생했는데 이제는 쉬어야지. 먼저 가 봐. 여긴 내가 맡을 테니까."

"예. 부장님."

"내일 보세."

"예… 감사합니다."

허리를 굽히면서 감사의 뜻을 밝혔다. 그리고 휴게실로 막 걸음을 옮기기 시작했을 때였다.

세상이 기울어졌고 둔탁한 소리가 났다.

"유 과장!"

상사의 목소리가 환청처럼 울려 퍼졌다.

며칠 동안 해소되지 못한 피로가 해일처럼 밀려들었다. 머리에 상처가 나서 피가 흘러내리고 있었지만 그 고통도 느끼지 못할 정도로 정신을 잃고 깊은 잠에 빠져들었다. 그리고 눈을 떴을 때 눈앞에 보였던 풍경이 달라져 있다는 것을 알았다.

하얀 천장이 보였고 등 뒤로 침상의 푹신한 느낌이 전해졌다. 그리고 주위를 가리는 커튼의 존재를 확인했다.

지난 기억을 떠올렸고 정신을 잃고 쓰러졌다는 사실을 이내 깨달았다. 그는 눈을 질끈 감으면서 인상을 썼다. 자신이 어디에 있는지 성한은 알 수 있었다.

커튼이 열어 젖혀지면서 여성의 목소리가 들렸다.

"일어났네. 어때, 괜찮아?"

신선하지 않은 목소리였다.

하얀 가운을 입은 여의사가 성한의 곁으로 와서 무심한 시선으로 내려다보고 있었다. 얼굴엔 화장기가 전혀 없었고 풀면 아름다울 것 같은 예쁜 머리카락이 목덜미 뒤로 묶여서 망에 싸여져 있었다.

영락없이 사람을 살리기 위한 외모였다. 그리고 그 얼굴은 불과 몇 개월 전만 해도 수시로 보던 얼굴이었다.

가운에 달려 있는 명찰에 '안지연'이라는 이름이 새겨져 있었다.

얼굴을 찌푸리면서 몸을 일으키고 여의사에게 물었다.

"…대체 얼마나 지난 거지?"

성한의 물음에 지연이 대답했다.

"18시간 정도? 중간에 깨지도 않고 시체같이 잘 자더니만. 사람들이 요란법석 떨어서 큰일 난 줄 알았어. 그래서 어때? 달리 아픈 곳은 있어?"

"머리 아프고… 피곤해 죽겠어. 며칠 동안 잠을 제대로 못 자서……."

"그럼 됐네."

이야기가 마저 끝나기도 전에 지연이 떠났다.

쳐진 커튼을 보면서 성한이 미간을 좁혔다.

"매정하네… 근데 큰일 난 줄 알았다니… 흠……."

반년 전에는 연인이었다. 그러나 이제는 완전히 남이었다.

지연이 한말을 곱씹으면서 성한이 되뇌일 때 다시 커튼이 젖혔다. 그리고 지연이 돌아와서 단호하게 말했다.

"이제 그만 일어나지? 괜찮아 보이는데 말이야. 머리의 상처는 별거 아니니까 막사에 가서 푹 쉬면 말끔히 나을 거야."

"……."

"뭐해? 침상 안 비우고."

기가 막힌다는 표정으로 지연을 쳐다봤다. 자신이 아직 환자라고 주장하고 싶었지만 씨알도 먹히지 않을 것이다. 결국 고개를 설레설레 흔들면서 자리에서 일어났다.

신을 신고 외투를 찾아 입은 뒤 진료소에서 나왔다.

이글루처럼 생긴 진료소를 쳐다보고 많은 생각을 했다. 그러다가 발걸음을 옮겨 막사로 향하려고 할 때, 짐을 들고 어디론가 향하는 경비소대와 마주치게 됐다.

소대장은 성한이 매우 잘 아는 사람이었다.

"형."

"성혁아."

"괜찮아? 쓰러졌다면서?"

짐을 내리고 소대장이 물었다. 그는 성한의 친동생으로 군에 몸을 담고 있는 사람이었다. 해병대 중위 '유성혁'이 그의 이름이었다. 그리고 비슷한 키와 비슷한 외모로 세세하게 보지 않으면 성한으로 헷갈릴 수 있는 동생이었다.

그가 형에게 묻자 성한이 머리카락 사이에 붙은 거즈와 반창고를 보여줬다.

"머리를 조금 다친것 외에는 괜찮아. 며칠 동안 잠을 자지 못해서 과로가 온 것 같아."

"좀 더 쉬지 그랬어."

"쉴 수 있겠냐? 계속 얼굴을 봐야 하는데… 그나저나 이제 지구로 복귀하는 거야?"

"어."

"먼저 돌아가 있어. 나는 좀 더 시간이 걸릴 것 같아. 돌아가는 동안 조심하고."

"형도 조심해."

"그래, 알겠어."

얼굴을 봐야 한다는 뜻을 성혁이 알고 있었다. 성한의 머리에 난 상처를 가리키며 성혁은 조심하라 말했다.

성한은 알겠다고 대답하면서 그를 수송함으로 보냈다.

몇 개월 뒤에 지구에서 보자고 했다.

만났다가 헤어지는 두 사람을 지연이 창문을 통해서 지켜보고 있었다. 그러다가 창가에서 멀어졌다. 많지는 않았지만 의사로서 치료해야 할 환자들이 있었다.

채광지 외곽에 수송함들이 착륙해 있었다.

함교 승조원들은 채광되기 시작한 엘륨에 기대감을 나타냈다.

의자에 앉은 부장(副長)이 부장석 화면을 통해서 수송함의 상태를 확인했다. 만반의 정비를 갖췄지만 최종적인 확인을 했다.

"증폭 로켓 엔진, 이상 무. 이온 엔진, 이상 무. 워프 드라이브 엔진, 이상 무. 갑판장, 갑판장."

—갑판장입니다.

"화물칸은 이상 없나?"

—이상 없습니다.

"확인. 화물칸은 됐고 방어시스템 점검을 해야겠군."

수송함이라서 따로 무장관이 있는 것은 아니었다. 부장이 수송함 방어를 담당하고 있었다. 전자방어막과 'AS 요격 미사일(Anti Sparrow Missle)', '근접방어무기(close—in weapon system)'를 컴퓨터로 점검하기 시작했다.

수송함을 통제하는 컴퓨터에 의해 자동으로 대응되는 방어 무기들이었기에 절대 소프트웨어적 오류가 발생해서는 안 된다. 다행이 점검 결과 이상이 없었다.

점검을 마치고 옆으로 밀어둔 커피잔을 들었다.

모자 아래로 눈빛을 번뜩이며 함교 창밖으로 보이는 풍경들을 살폈다.

왼쪽 가슴 명찰에는 '장성호'라는 이름이 새겨져 있었다. 31살 나이에 걸맞은 남자다운 외모를 지닌 사람이었다. 커피를 마시면서 밖을 보고 있을 때 조종석에 앉아 있던 항해장(航海長)이 말을 걸었다. 그의 이름은 '허윤'이었다.

"엘륨을 가지고 돌아가면 뗏놈들이나 쪽발이들이나 이를 갈면서 부들부들 떨 겁니다. 얼마나 싫겠습니까? 제놈들은 고생해서 우주 개척을 하는데, 우리는 손쉽게 공간도약을 하면서 은하계 여기저기를 누빌 테니 말입니다. 되로 받고 말로 갚아줘야죠. 미국이 우리에게 그랬던 것처럼 우리도 놈들에게 얻을거 다 얻고 수출해야 됩니다."

격정적인 마음을 드러내면서 그동안의 설움을 날려버릴 수 있다고 말했다. 항해장의 이야기에 장성호는 말없이 그를 쳐다보고 다시 창밖을 봤다.

굴착기를 비롯한 채굴 장비들과 굴삭기와 이동식 입체 건설 장비들이 수송함으로 오고 있었다. 그 모습을 보고 장성호가 좌측편의 통신장에게 말했다.

"통신장."

"예. 부장님."

"화물칸을 열고 장비들을 실으라고 전해. 집에 가자."

"알겠숨돠!"

명찰에 '이태성'이라는 이름이 쓰여 있었다. 장난기 어린 말투로 대답한 통신장은 무전수화기를 들고 수송함의 안과 밖으로 부장의 지시를 전했다. 그리고 장비가 실리는 것을 함교 승조원들과 함께 지켜봤다.

한시간 가량 지났을 때 문이 열리면서 중년의 남성이 안으로 들어왔다. 그는 수송함의 함장으로 당직에 이은 오침을 갖고 막 함교에 복귀한 상태였다. 승조원들의 인사를 받으면서 부장에게 물었다.

"화물을 싣고 있는 중인가?"

"예. 함장님."

"이제, 우리 임무도 끝났으니 교대해서 집으로 가세. 빨리 처자식들을 보고 싶군. 이륙 준비를 하게."

"예!"

나라를 위한 선물 꾸러미들을 안고 돌아간다는 생각에 가슴이 두근거렸다. 그는 환하게 웃으면서 대답한 뒤 승조원들을 이끌며 함장을 보좌했다. 함장은 가슴에 달린 명찰을 제대로 고쳐서 달았다.

'김인석'이라는 이름이 명찰에 새겨져 있었다.

명찰을 바로 달고 함교 창문 밖으로 화물이 실리는 것을 마저 지켜봤다. 그리고 수송함에 탑승하는 경비 중대 병력을 봤다. 그들도 집으로 돌아가려 했다.

"드디어 간다!"

"와하하!"

전장 200m와 함폭 41m에 이르는 육중한 수송함이 눈에 들어왔다. 돌아가는 이들 모두가 웃고 있었다.

즐거워하는 병사들의 모습을 보고 성혁이 잔잔하게 미소를 지었다. 그의 상관인 중대장이 지시했다.

"1소대는 환웅함에 승함한다."

"예. 중대장님."

본부를 포함한 4개 해병 소대가 나누어져서 지구로 향하는 수송함에 몸을 실었다. 그리고 중대장은 2소대와 함께 우사함에 승함했다.

그는 환하게 웃으면서 함장석에 걸린 사진을 봤다. 그 안에는 미소를 머금은 아내와 대학교에서 공부를 하고 있는 아들과 딸의 사진이 담겨 있었다. 가족과의 행복했던 시간을 기억하면서 최선을 다해 살아가고 있었다.

그렇게 지구로 돌아갈 모든 준비를 마쳤다.

장성호가 김인석에게 보고했다.

"승조원 총원 29명, 승조원 포함 승함 인원 87명, 승함을 완료했습니다.

* * *

함장석에 앉은 김인석이 이태성에게 말했다.

"통신장. 이제 곧 이륙하겠다고 전하게."

"예. 함장님."

그를 통해 우주에 있는 구축함으로 연락을 했다. 고도 600km에 몇 척 되지 않는 대한민국 우주군의 구축함들이 있었다. 전단장이 타고 있는 기함인 김유신함으로 무전 교신이 전해졌다.

통신 장교가 이륙 통보를 받고 전단장에게 보고했다.

"태백성의 환웅함이 곧 이륙한다고 합니다."

"호송대기 중이라 전하게."

"예. 제독."

그 순간이었다.

“본 함 3시 방향 하측 10도! 거리 200! 통보되지 않은 괴함선 출현!”

“괴함선이라고……?”

“예! 한척… 아니, 두척! 세척! 늘어나고 있습니다! 식별, 자위군 소속 이토함! 인민해방군 구축함도 있습니다!”

“……?!”

“아군 함대로 접근 중입니다! 제독!”

자위군은 일본군을 칭하는 것이었고 인민해방군은 중국군을 칭하는 것이었다.

레이더를 통제하는 장교가 크게 소리쳤다. 함교의 장병들이 얼굴을 굳힌 가운데 현실을 파악한 전단장이 급히 명령을 내렸다. 갑자기 나타난 두 나라 함대의 의도는 명백했다.

“실전! 총원전투배치!”

“저…전투 배치!”

“방어막을 최대로 높여라! 교전 준비!”

전단장의 명령을 장병들이 따르기 전이었다.

기함 방어를 담당하는 장교의 얼굴이 사색이 되었다. 함교 창가에 붉은빛이 감돌았다.

“적 함대 포격 중! 방어막이 뚫렸습니다! 지금 기함으로……!”

장병들의 시선이 적색(赤色)으로 물들었다. 순간적으로 열기가 온몸을 감쌌다. 그리고 모든 감각이 사라지게 됐다.

대낮에 하늘에서 별똥별들이 쏟아져 내렸다.

"어……?"

"방금 뭐야?"

"낮에 왜 별이 떨어지지?"

채광 작업을 벌이다가 멈춘 직원들이 하늘을 쳐다봤다. 불빛들이 흩어지는 하늘을 쳐다보면서 기이한 일이 일어났다고 생각했다. 그것이 결코 국군 군함이 격추된 것이라고 여기지 않았다.

현식도 하늘을 보며 무슨 일이 일어났나 했다. 그때 무전기를 가지고 있는 수행원이 교신을 받고 현식에게 수화기를 넘겨줬다. 현식이 수행원에게 물었다.

"누군가?"

"환웅함의 함장님입니다."

손바닥만 한 무전기를 받고 얼굴 옆으로 붙였다. 수화기 속에서 중년 남성의 목소리가 울려 퍼졌다. 가만히 이야기를 듣고 있다가 놀라서 고개를 들고 다시 하늘을 봤다. 그리고 힘들게 입을 뗐다.

"알겠습니다."

교신을 끝냈다. 수행원에게 무전기를 넘겨주고 현식이

주먹을 쥐고 이를 질끈 물었다. 분노와 다급함이 눈에 섞여 있었다.

"중국과 일본이 연합해서 아군 함대를 공격했다! 대피해야 하니, 서둘러 움직여! 주요 물건만 챙기고 수송함에 탑승한다!"

"예……?!"

"전쟁이 났다고! 어서 대피해야 돼!"

반문하고 큰 소리를 듣고 나서야 무슨 일이 일어났는지 알았다.

개전 소식에 사람들이 당황했다. 그리고 아우성을 치면서 이리저리 움직이기 시작했다.

입에서 욕이 튀어나올 수밖에 없었다.

"쪽발이. 개자식들!"

짱깨, 떼놈 소리도 수시로 튀어나왔다. 그리고 한국이 잘되는 꼴을 보지 않는 두 나라에 대해 저주를 퍼부었다. 아수라장이 되면서 소란이 일어났다.

막사 밖에서 일어나는 소리에 침상에 누워서 쉬고 있던 성한이 벌떡 일어났다. 무슨 일이 일어났는지 창밖을 보다가 막사로 사람이 들어온 사람에게 물었다. 그는 함께 막사를 쓰는 5살 어린 사원이었다.

"이정욱. 밖에 무슨 일이야?"

"저, 전쟁이 났어요."

"뭐……?"

"일본이 중국과 연합해서 우리 함대를 공격했어요! 대피한다고 난리예요! 이제 곧 일본군과 중국군이 올 거라고……!"

"……?!"

"과장님도 피하셔야 해요!"

정욱을 보고 성한이 몇 번 눈을 껌뻑였다. 그러다 급히 신을 신고 밖으로 나가서 바삐 움직이는 사람들을 봤다. 지시를 내리는 현식을 보고 그에게 급히 달려갔다.

"부장님!"

"유 과장!"

"어떻게 된 겁니까?!"

성한의 물음에 현식이 잔뜩 굳은 표정으로 대답했다.

"중국과 일본이 연합해서 우리 함대를 공격했어! 우리가 엘륨을 캐는 것을 막으려는 거야! 곧 놈들이 여기로 강습해 올 테니까 빨리 피해야 해! 몸이 괜찮다면 사람들을 대피시키게!"

중국과 일본이 공격한 사실을 재확인했다. 믿을 수 없는 사실에 황당해하자 현식이 하늘을 향해 검지를 들었다. 그러자 먼 하늘에서 퍼지는 별똥별 같은 파편이 보였다.

성한의 눈동자가 떨렸다. 그제야 현실이 어떤 상황인지를 알았다. 머리에 붙은 거즈를 떼고 사람들을 피신시킬 때였다.

간호사들과 함께 환자를 부축해서 나오는 지연이 눈에 들어왔다. 그녀의 행동이 성한의 시야를 가득 채웠다. 환자를 화물차에 태우고 다시 진료소로 들어가는 지연의 뒤를 밟았다. 진료소로 들어서자 의사들과 이야기를 나누며 급히 발걸음을 옮기는 지연이 보였다.

성한에게 지연의 손목이 붙들렸다.

"뭐…뭐야?"

"대체 어딜 가는 거야?!"

"뭐……?"

"대피해야 된다고! 시간이 없어. 빨리 피해야 해!"

성한의 외침에 지연이 난처한 표정을 지었다. 그때 그녀의 윗사람이 성한에게 와서 다급하게 말했다.

"약들을 챙겨야 합니다!"

"예?"

"최소한의 약이라도 챙겨야 합니다! 그래야 환자나 부상자가 생겼을 때 치료할 수 있습니다! 약이 없으면 의사가 있어도 소용이 없습니다!"

윗사람의 이름은 김신이었다. 그는 채광지의 의료팀을 책임지는 자였다. 뿔테 안경을 쓴 의료팀장의 말을 듣고 성한이 짧게 고민했다. 그리고 이를 질끈 물고 앞으로 걸으면서 물었다.

"어디입니까?"

팀장 대신 부팀장인 지연이 대답했다.

"이쪽이야."

그녀의 뒤를 성한이 따랐다.

그로부터 20여 분이 지나 환웅함을 제외한 수송함들은 이륙할 준비를 마치게 됐다.

의료팀이 돌아오기를 김인석이 기다렸다. 창밖을 보면서 마음을 애태우다가 땅에서 일어나는 먼지구름을 보고 화물칸의 문을 열라고 말했다.

총을 든 성혁이 소대원들과 함께 밖으로 나와 있었다.

"형!"

"성혁아!"

"빨리 들어가! 시간이 없어!"

해병대원들이 성한과 지연 등을 챙겼다. 김신을 마지막으로 들여보내고 주위를 경계하다가 환웅함에 승함해 화물칸의 문을 닫았다. 그리고 함교로 문이 닫혔다는 보고가 전해졌다.

김인석이 장성호에게 이륙 명령을 내렸다.

"기관 전속! 태백성을 탈출한다!"

"예! 함장님!"

항해장과 기관장에게 이륙 지시가 내려졌다. 엔진 노즐에서 화염이 강하게 뿜어져 나오면서 지상을 태우기 시작했다. 육중한 몸체를 지닌 환웅함이 공중으로 천천히 떠오르기 시작했다. 그리고 함수가 들리며 외기(外氣)를 향해 달리기 시작했다.

난기류에 의해 함체가 요동쳤다. 화물칸 안쪽에 많은 사람들이 앉을 수 있는 좌석이 있었다. 빈자리에 성한이 지연을 앉히고 안전띠를 채웠다. 지연이 성한을 걱정의 시선으로 바라봤다. 그리고 성한이 옆에 앉으면서 신속히 안전띠를 체결했다.

밖의 상황을 알 수 없어서 긴장감이 커질 수밖에 없었다. 비명을 지를 수도 살아남을지, 죽을지 아무도 알 수 없었다. 그저 손을 잡고 서로의 걱정을 덜 뿐이었다.

성한이 지연의 손을 잡았다.

"뭐야, 이 손은……?"

지연의 물음에 성한이 대답했다.

"괜찮을 거라고. 그러니까 겁먹지 마."

"……."

손에서 떨리는 미세한 떨림이 사라졌다. 지연이 심호흡을 하며 가슴을 죄던 긴장을 조금 떨쳐냈다. 성한이 고개를 돌리며 환웅함에 탄 사람들의 얼굴을 살폈다.

옆에 정욱이 있었고 다른 직원들과 협력업체의 직원들이 있는 것을 확인했다. 그러나 현식의 얼굴이 보이지 않았다.

지상에 배치되어 있던 미사일 포대에서 대공 미사일이 쏘아지기 시작했다. 불꽃이 하늘을 수놓았고 그 너머에 있던 무수히 많은 검은 점들이 크기를 키우고 있었다.

함교의 레이더장이 레이더 화면을 보고 경악에 찬 목소리로 외쳤다.

"전투기 출현! 자위군 항공모함입니다!"

"죄다 왔어! 제기랄 것!"

삼발이처럼 보이는 일본군 전투기를 보고 허윤이 욕을 뱉었다. 창밖으로 보이는 전투기들이 급강하하고 있었다.

레이더장이 다급히 외쳤다.

"적 미사일 발사!"

장성호가 외쳤다.

"방어시스템 가동! 미사일, 요격합니다! 1기! 2기! 4기! 근접방어무기 가동! 7기! 8기! 요격 완료! 이런…! 적 전투기 기총 소사!"

허윤이 조타를 크게 돌리면서 전투기에서 발포되는 기관총탄을 피하려고 애썼다. 그러나 환웅함이 육중하여 총탄을 맞을 수밖에 없었다.

피해 화면에 표시가 되지 않았지만 분명히 맞았다고 생각했다.

김인석이 급한 목소리로 장성호를 불렀다.

"부장! 기관실!"

눈치 빠른 장성호가 이미 수화기를 들고 기관실을 불렀다. 수화기에서 여성의 목소리가 크게 울려 퍼졌다.

"기관장! 엔진 상태는?!"

—이상 없습니다!

"출력은 최대인가?!"

—예!

"알겠다! 이상 있으면 보고하라!"

—알겠습니다!

기관실이 무사했다.

불행 중 다행이라고 생각했다. 그때 환웅함 뒤에서 '쿵!' 하면서 천둥소리가 일어났다. 레이더장이 다시 놀라 크게 외쳤다.

"우사함! 풍백함! 격침 중!"

"뭐라고……?!"

"하백함이 공격받고 있습니다!"

천둥소리는 공중에서 폭발한 두 수송함의 소리였다. 곧 이어 하백함도 자위군의 공격을 받고 폭음을 일으켰다.

모든 것이 원통하고 한스러웠다. 함교의 모든 사람이 크게 분노하여 핏발 어린 눈동자를 보이고 있었다. 오직 김인석만이 냉정하게 생각했다.

"외기에 돌입하면 적이 레이저로 공격할 것이다! 방어막을 전면 최대로 높여라! 대기를 벗어나면 지구로 공간 도약한다!"
장성호가 반문했다.
"지구로 도약하면 일본과 중국군 함대가……!"
"그래도 간다! 우리가 돌아가야 할 곳은 한국이야! 지구로 공간 도약한다!"
"아…알겠습니다… 함장님!"
"외기에 돌입하는 즉시 공간 도약한다!"
"예!"
살아남아야 했다.
승조원들의 정신이 번쩍 들었다. 그의 지시대로 전면 방어막을 최대치로 높이고 지구로 공간 도약할 준비를 했다.
상승하던 자위군 전투기가 환웅함으로 미사일을 쐈다. 기만탄이 발사되면서 금속 파편이 하늘 사방으로 뿌려졌다. 전파 난사로 방향을 잃은 미사일들이 자폭했고 대기권으로 진입한 자위군 전투기들은 고도를 높이며 외기로 접어든 환웅함을 더 이상 뒤쫓을 수 없었다. 우주로 향하기 위해선 막대한 연료와 엔진 추력(推力)이 필요했다.
허윤이 고도와 기압 상태를 확인하고 김인석에게 보고했다.
"외기 진입!"
직후 함교에 붉은빛이 감돌았다. 적 구축함의 광선 공격이 이뤄지고 있었다.

레이더장이 화면을 보고 기겁했다.

"광선 공격입니다! 방어막이 허물어지고 있습니다!"

장성호가 이를 물며 카운트를 세고 있었다.

"오! 사! 삼! 이! 일! 워프 드라이브 가동!"

별들이 잔상을 이루면서 선이 됐다. 시공간이 일그러지면서 빛보다 빠르게 뒤로 밀려났다.

태백성 근처에서 환웅함이 자취를 감췄다. 그리고 지구와 달 사이에서 갑자기 모습을 드러냈다.

함교 창문에 장엄한 모습을 간직한 지구가 가득 채워졌다. 승조원들의 입에서 탄성이 흘러나왔다. 장성호가 급히 레이더장을 불렀다.

"김천! 근처에 군함이 있는지 보고하라!"

중국과 일본의 급습을 받았기에 지구 근처 성간에서도 똑같이 공격받을 수 있다고 생각했다. 장성호의 지시를 받고 레이더장이 화면을 확인했다. 그리고 뚫어져라 쳐다봤다. 황당함이 그의 얼굴에 조금씩 스며들었다.

안경을 고쳐 쓰고 다시 화면을 확인하면서 장성호에게 보고했다.

"어…없습니다!"

"뭐? 그럴 리가……?"

"어떤 군함도, 어떤 기지 시설도 포착되지 않습니다! 화면이 깨끗합니다! 부장님!"

"……?!"

김인석이 이태성을 불렀다.

"통신장! 국제 연합과의 교신은 어떠한가?"

"신호가 없습니다!"

"다른 채널의 신호는?"

"전무합니다! 어떤 신호도 잡히지 않습니다! 교신 추적을 하는 도청 신호도 포착되지 않습니다!"

"이게 대체……."

오리무중이었다. 지구를 앞에 두고 크게 혼란이 일어나기 시작했다.

일본과 중국이 태백성에서 공격해 온 것은 사실이었다. 때문에 서울과 고향이 어떤 상태인지 걱정될 수밖에 없었다. 장성호가 직접 부장석의 컴퓨터로 환웅함의 관측경을 조정했다. 그리고 서울에 맞춰서 어떤 상황인지 확인했다.

화면을 보던 장성호가 심히 놀랐다.

"뭐야, 이건?!"

함교 승조원들이 고개를 돌렸다. 김인석이 장성호에게 물었다.

"무슨 일인가?"

장성호가 대답했다.

"서울을 관측했는데… 아닙니다. 직접 보시는 것이 나을 것 같습니다. 모니터에 출력하겠습니다."

장성호가 보고 있는 것을 함교 측편의 화면에 송출했다. 화면에 서울의 모습이 나타나자 모든 사람들의 입이 커지고 시선이 떨렸다.

전혀 예상치 못한 충격이 일어났다.

어느 누구도 쉽게 말할 수 없었다.

그로부터 30분이 지났다.

중장비들이 묶여 있는 화물칸 좌석에 앉아 있던 사람들은 환웅함 밖의 상황이 궁금했다.

몇몇 사람들이 궁금증을 이기지 못하고 안전띠를 풀려 했다. 그때 문이 열리면서 부유 상태로 승조원들이 안으로 들어왔다.

그 중 한 사람은 장성호였다.

"기술팀, 기술팀… 혹시 있습니까?"

장성호의 물음에 화물칸 한쪽에서 목소리가 울려 퍼졌다.

"여기 있습니다."

"선임은 어떤 분입니까?"

"접니다. 기술 부장 박은성입니다."

"잠시 함교로 오셔야 할 것 같습니다. 그리고 우주국 직원께서는 계십니까?"

채광지를 감독했던 공기업 직원을 찾고 있었다. 장성호

의 부름에 성한이 다시 주위를 돌아봤다. 현식이 있는지 찾아봤고 자신이 최선임이라는 것을 알게 됐다. 손을 들며 장성호에게 대답했다.

“여깁니다. 그리고 제가 최선임입니다. 유성한 과장입니다.”

성한의 응답을 듣고 장성호가 말했다.

“함교로 오기 바랍니다. 그리고 경비 부대의 최고선임도 와주시기 바랍니다. 함교에서 알려드릴 것이 있습니다.”

무엇 때문에 자신과 동생에게 오라고 하는 알 수 없었다. 그전에 환웅함이 안전한지 알고 싶었다. 안전띠를 풀고 장성호가 있는 방향으로 몸을 날렸다. 그리고 철기둥을 붙잡고 그에게 사람들이 궁금해 하는 것을 물었다.

“중국과 일본이 우릴 공격했습니다. 두 나라의 함대가 태백성 밖에서 기다리고 있었을 텐데… 혹, 아까 전의 진동이 공간 도약이었습니까?”

“예.”

“현재 우린 어디에 있습니까? 안전합니까?”

“…….”

성한의 물음에 장성호의 대답이 바로 나오지 못했다. 뭔가 생각하는 듯한 모습을 보였다. 그리고 입을 열었다.

“안전한 것은 확실합니다. 다만 어디에 있는지는 함교에서 알려드리겠습니다. 따라오십시오.”

장성호가 말을 아꼈다. 그가 함교로 향하자 성한이 뒤따라갔고 박은성과 성혁도 따라 움직였다. 함교에서 어떤 이야기를 해줄지 궁금했다.

기대와 걱정을 함께 안고 함교에 들어가자 창밖으로 지구가 보이면서 무사히 돌아왔다는 생각이 들었다. 한편으로 중국과 일본의 군함이 공격할 수 있다 여기면서도 비교적 차분한 함교 승조원들의 분위기에 크게 두려워하지 않고 주위를 두리번거렸다.

함장석에 앉아 있는 사람에게 고개를 숙여서 인사했다. 김인석이 고개를 끄덕이면서 성한과 박은성의 인사를 받아줬다. 성혁은 거수경례로 군 상급자에게 인사했다. 비록 해병대가 아닌 우주군이었지만, 상급자와 연장자에 대한 마땅한 예의를 나타냈다.

성한이 조심스럽게 장성호에게 물었다.

"하실 말씀이 있다고 하셨습니다. 어떤 이야기입니까?"

성한의 물음에 장성호가 옆의 모니터를 봤다. 그의 시선을 따라 성한과 성혁, 박은성의 시선도 따라 움직였다.

세 사람의 숨소리가 일시적으로 멈췄다. 동공이 커지고 머릿속에서 끊임없는 의문부호가 일어났다. 성한이 장성호에게 물었다.

"저기가… 대체 어디입니까?"

굳은 표정을 지으며 장성호가 대답했다.

"서울입니다. 우린 과거로 왔습니다."

하늘에서 보는 조선시대의 풍경이 모니터에 있었다. 전혀 예상하지 못했던 현실에 온 세상이 거짓말하고 있다는 느낌을 받고 있었다. 눈으로 보고 있는 것을 믿을 수 없었다. 그리고 앞으로 무엇을 해야 할 지 깜깜해졌다.

현실을 받아들이는 데에 대략 두시간이 필요했다.

이후에 생각하고 행동에 옮겼다.

비극의 역사가 바뀌기 시작했다.

신조선 책비

新

강물의 줄기를 바꾸기로 결심하다

빈방에 불이 켜지고 사람들이 들어왔다. 벽에 붙어 있는 스위치를 누르자 쳇바퀴 같은 벽이 돌면서 원심력이 가해졌다.

환웅함의 함측에 붙어 있던 격실이 돌면서 안으로 들어온 사람들이 중력을 느꼈다. 편히 의자에 앉을 수 있게 됐고 허리띠를 두르면서 억지로 엉덩이를 붙일 이유가 없어졌다.

다소 편안한 분위기 속에서 이야기를 나누려 했다. 그것은 오직 신체적인 편안함이었다. 정신적으로는 당황과 긴장, 두려움으로 가득 채워져 있었다.

환웅함 외의 수송함이 3척 있었고 나머지 3척이 어떻게 됐는지 장성호가 알려줬다. 성한이 이야기를 듣고 바로 되물었다.

"우사함과 풍백함이 격추됐다고요?"

"예. 그리고 하백함도 격추됐습니다. 도약하기 직전에 레이더와 통신으로 확인했습니다."

"맙소사……."

태백성에서 동거동락 했던 많은 사람들이 죽었다. 그리고 성혁도 그동안 생사를 같이 나눴던 전우들을 잃었다. 상관인 중대장과 친했던 다른 소대의 장병들을 잃고 슬픔을 느꼈다.

몇 번이나 그럴 리 없다고 말했다가 눈가에 맺힌 눈물을 소매로 닦아내고 현실을 받아들였다. 그리고 중국과 일본에 대해서 분노를 드러냈다.

"짱깨. 쪽발이! 개같은 놈들!"

"……."

"망할……."

성혁의 마음이 선실에 있던 모든 이가 가진 마음이었다.

함장인 김인석과 항해장인 허윤, 의료팀장인 김신, 기술부장인 박은성이 함께 있었다. 그들 모두 차분하게 앉아 있었지만 속에서 끓어오르는 분노를 감출 수 없었다. 눈에 힘이 들어갔고 이가 부딪히면서 욕설이 나오려고 했다.

그러나 무엇보다 보고 싶은 가족을 만날 수 없다는 사실이 너무 슬펐다.

김신이 장성호에게 정말로 과거로 왔는지를 물었다.

"우리가 과거로 온게 사실입니까?"

"예……."

"어떻게 그런 일이 생길 수 있습니까? 공간도약이 시공간을 일그러뜨린다는 것은 알고 있지만, 시간이동이 가능하다는 이야기는 어디에도 못 봤습니다. 그랬다면 물리학자들이 타임머신부터 만들어야 되는게 아닙니까?"

그의 물음에 장성호가 어렵게 입을 열었다.

"여태까지 그렇게 믿어 왔었습니다. 그런데 우리가 최초가 되어버렸습니다… 여기 사진을 보십시오."

"무엇입니까, 이것은……?"

"태백성을 탈출할 때 적 전투기들로부터 피해를 입은 곳입니다. 기관은 피했지만 워프 엔진이 상했습니다. 과거로 온 이유는 아무래도 이 때문인 것 같습니다."

함체 외부로 나간 승조원이 적 전투기의 공격으로 피해를 입은 곳을 찍은 사진이었다. 함체 곳곳에 구멍이 나 있었고 몇 발이 공간 도약을 이뤄지도록 하는 워프 엔진이 있는 곳에 박혀들었다. 엔진이 위치한 곳에 난 구멍들이 그것을 증명하고 있었다.

더 이상 과거로 온것을 부정할 수 없었다.

성한이 장성호에게 물었다.

"다시 미래로 돌아갈 수 없습니까?"

장성호가 허윤을 쳐다봤고 허윤은 자신보다 전문지식을 가진 사람들이 알것이라고 말했다. 그나마 박은성이 워프 이론에 대해서 조금 알고 있었다.

그가 고개를 저으면서 사람들에게 실망감을 안겼다.

"세상을 3차원으로 표현하고 거기에 보이지 않는 시간 축을 더한 게 4차원입니다. 공간 도약은 시간축만 그대로 둔 상태에서 X, Y, Z 축만 당긴 것이죠. 어느 누구도 시간 축을 움직이는 기술을 개발한 자가 없습니다. 심지어 물리학자들도 이론만 말할 뿐, 실험으로 증명한 이가 없습니다."

"그러면 우리가 최초군요."

"예. 장담컨대 돌아간다면 물리학계를 뒤집을 수 있습니다."

헛웃음이 일어났다. 돌아간다면 이라는 전제가 깔렸고 반드시 그렇게 돼야했다.

성혁이 박은성에게 떨리는 목소리로 물었다.

"돌아갈 수 있겠습니까? …반드시 돌아가야 합니다."

그리고 대답을 들었다.

"과거로 갈 수 있다는 것을 알았으니 미래로 갈 수도 있습니다. 다만 우리가 원하는 공간, 원하는 시간, 원하는 상

황으로 돌아가는 것은 차원이 다른 문제입니다."

"무슨 뜻입니까?"

"우리 앞에 무한대에 이르는 길이 있다는 뜻입니다. 과거로 가는 것은 왔던 길을 돌아가는 것이지만, 미래로 향하는 것은 수많은 길 중 하나를 택하는 것입니다. 이미 이 시대에 우리가 나타났기에 과거 또한 바뀌었다고 봐도 무방할 겁니다. 극단적으로 가정해서 시간이 느리게 흘러가는 블랙홀 주위로 갔다가 나오더라도……."

"우리가 원하는 미래로 돌아갈 수 없다?"

"그럴 가능성이 매우 높습니다. 최소한 99.9퍼센트보다는 높겠죠. 소수점 뒤로 9가 무한대로 나열될 테니 말입니다. 본래의 시대로 돌아가는 것은 거의 불가능할 겁니다."

부정적으로 말하는 것이 아니었다. 박은성이 하는 말은 선실에 있던 어떤 사람도 반문하지 못할 진리였다.

미래로 돌아갈 수 없다는 생각이 들었다. 그리고 가족을 다시 볼 수 없다는 생각이 일었다. 희망의 불꽃이 사라지려고 했다.

허윤이 눈물을 흘리면서 슬퍼했다.

"여보… 영준아… 흐흐흑… 흐흑…!"

김인석과 장성호도 박은성의 이야기를 듣고 좌절감에 빠졌다. 두 사람도 미래에 두고 온 가족이 있었다. 아내와 자녀, 그리고 부모님이 미래에 남아 있었다. 앞으로 가족과 연락조차 할 수 없다는 사실에 크게 충격을 받았다.

현실을 부정하고 싶었다. 그러나 몰려드는 것은 좌절과 절망 밖에 없었다.

참담함 속에서 주저앉으려고 했다.

"어떻게 이런 일이……."

무엇을 해야 할지 알 수 없었다. 냉철히 보이는 김신도 안경에 비치는 눈을 글썽였다. 그 모습을 본 박은성도 힘든 현실을 알렸다는 생각에 괴로워했다. 그리고 그 또한 미래로 돌아갈 수 없음에 몹시 슬퍼했다.

삶을 지탱해왔던 이유들이 무너지려고 했다. 그때, 성한이 창밖의 지구를 보면서 생각에 잠겼다.

1분가량 생각하다가 장성호에게 물었다.

"이제 무엇을 할 겁니까?"

성한의 물음에 허윤이 성질을 부렸다.

"하긴 뭘 합니까?! 모든게 끝났습니다! 돌아가지를 못하는데 무슨 의미가 있습니까! 젠장 맞을! 흐흐흑……!"

"……."

성한의 말이 허윤의 심기를 거슬렀다. 그를 한번 쳐다보고 잠잠히 있다가 장성호를 보면서 대답이 나오기를 기다렸다.

아픔을 견디며 힘들게 장성호가 입을 열었다.

"지금 상황에서 뭘 해야 할지 모르겠습니다… 돌아가야

하는데 돌아갈 수 없는 상황이니 말입니다… 지금은 뭘 해도 아무 의미가…….”

성한이 말을 잘랐다.

“의미가 없진 않습니다.”

“예……?”

“무한대 분의 일이라도 가능성이 있는 것은 있는 겁니다. 중요한 것은 우리가 살아남아야 한다는 겁니다. 살아남아야 다음을 생각할 수 있습니다. 그래서 무엇을 할지가 중요합니다.”

성한의 말에 김인석이 잠긴 목소리로 동의했다.

“나도 유 과장의 말에 동의하네. 우린 반드시 살아남아야 해.”

다시 성한이 말했다.

“환웅함에 많은 사람이 타고 있습니다. 식량은 얼마나 됩니까? 그리고 산소의 양은 얼마나 됩니까? 만약 부족하다면 지상으로 내려가야 하지 않겠습니까? 연료가 얼마나 남았는지, 앞으로 어떻게 해야 우리가 살아남을 수 있는지 방법과 계획을 찾아야 합니다. 아무것도 하지 않고 가만히 있는 것은 그저 모든것을 포기한 것과 다를 바 없습니다. 그렇게 되면 우리에게 오는 죽음 밖에 없습니다. 그것은 죽겠다는 것밖에 되지 않습니다. 현재 얼마나 버틸 수 있습니까?”

성한의 물음에 장성호가 대답했다.

“피난으로 인해 인원이 더 탔습니다. 107명이니 대략 한 달가량 버틸 수 있습니다.”

“한달…….”

“길면 길고, 짧으면 짧을 겁니다.”

생각 없이 시간을 보냈다간 순식간에 지날 수 있는 시일이었다. 장성호의 대답을 듣고 성한이 모니터를 보면서 다시 물었다.

“언제입니까? 아니, 정확히 몇 년 몇 월 며칠입니까? 지상의 정보를 알아야 합니다.”

장성호가 대답했다.

“정확히는 모르겠습니다. 하지만 조선 말기인 것은 확실합니다. 인천과 부산에 서양 배들이 드나드는 것을 확인했습니다. 확실히 알려면 사람들을 만나서 묻는 수밖에 없습니다.”

“땅 위에 있는 사람들에게 말입니까?”

“예. 정찰대를 보내서 확인하면 됩니다. 며칠 걸리겠지만 말입니다. 시간을 헛되게 보내는 것은 아닐 겁니다. 언제인지 정확히 알고 계획을 세우면 될 것 같습니다.”

“…….”

“혹, 그림을 그려둔 계획이 있습니까?”

“…….”

성한이 계속해서 모니터를 주시했다. 그의 머릿속에서 여러 계획이 세워지고 있었다. 조선 말기에 일어난 사건들이 있었고, 그 사건들을 어떻게 이용할지 계산하기 시작했다.

머리를 쓰는 성한을 보고 김인석이 물었다.

"역사를 바꿀 생각입니까?"

씁쓸하게 웃으면서 성한이 대답했다.

"이미 우리가 이 시대에 온 시점에서 바뀌었습니다. 그렇다면 바뀐 역사가 우리에게 이로운 역사가 되어야 하지 않겠습니까? 기반을 닦아서 버텨야 합니다. 그것이 최선입니다. 살아남아야 다른것을 이야기할 수 있습니다."

성한의 말에 모든 사람이 공감했다. 김인석이 고개를 끄덕이며 미소를 지었고 희망을 잃어가던 그의 부장도 새로운 할일에 생기를 되찾기 시작했다.

심지어 슬피 울던 허윤도 앞으로 할일이 무엇인지 생각하며 울음을 그쳤다.

성한을 중심으로 사람들이 움직이기 시작했다.

성혁이 자리에서 벌떡 일어났다.

"지상으로 가야 한다면 제가 가겠습니다. 만약의 사태가 발생할 수 있으니 무장 대원들이 가야 합니다."

정찰을 위해서 지상으로 간다는 말에 어느 누구도 반대하지 않았다. 심지어 친형인 성한도 성혁의 행동을 막지 않았다.

동생이 가는것이 최선이었다. 한양으로 불리는 서울로 경비 소대를 보내 정보를 얻고자 했다.

그렇게 계획을 세우고 자리에서 일어났다.

"사람들에게 환웅함의 상황을 알립시다."

피하고 싶었지만 피할 수 없는 시련이었다.

승함하고 있던 모든 사람들에게 환웅함이 과거로 온 사실이 알려졌다. 그리고 돌아갈 수 없는 이유와 우주에서 한달밖에 버틸 수 없는 사정이 알려졌다.

그 사실을 들은 사람들은 처음에는 귀를 의심했고 나중에 절망을 느꼈다. 보고 싶은 가족들을 다시 볼 수 없음에 며칠 동안 슬퍼하며 아무것도 할 수 없었다.

무력해 보이는 사람들의 모습을 지연이 지켜보고 있었다.

"채아야……."

"원영아… 흐흑… 흐흐흑……."

아내와 자식을 그리워하면서 하염없이 눈물을 흘렸다. 그런 사람들을 보며 지연도 눈물을 흘렸다. 미래에 두고 온 어머니와 아버지, 그리고 언니가 있었다. 다시 볼 수 없다는 생각으로 슬퍼할 때 그녀의 어깨 위로 손이 올려졌다. 고개를 돌렸을 때 성한이 있는 것을 봤다.

"성한아……."

지연의 어깨를 성한이 두드리면서 위로했다.

"돌아갈 수 없어서 슬프다는 것을 알아. 그리고 그 슬픔이 쉽게 지워지지 않을 것이라는 것도 알고. 하지만 이대로 아무것도 하지 않고 슬픔에 젖어 있을 순 없어."

그의 말을 듣고 지연이 화를 억누르며 말했다.

"정말 쉽게 말하는구나… 넌 가족이 없어서 모르지만, 난 미래에 부모님과 언니가 있다고… 다시 못 봐서 죽을 것 같은데 이대로 아무것도 하지 않으면 안 된다니… 그게 할말이야?"

성한이 다시 말했다.

"…좋겠다. 그런 가족이라도 있어서."

"뭐…?"

"난 울면서 들여다볼 사진조차 없는데… 너에겐 슬퍼할 수 있는 추억이라도 있잖아… 그런 추억이 내게도 있었으면 좋겠어……."

"……."

"기운 내게 하려고 한 말이었는데 널 화나게 만든것 같아서 미안하다."

사과의 뜻을 지연에게 전했다. 어렸을 때부터 보호기관에서 자란 성한을 보면서 지연은 할말을 잃고 더 이상 자신이 불행하다고 말할 수 없었다.

흐르는 눈물이 잦아들고 있었고 지쳐서 더 이상 울 수도 없었다. 식음을 전폐하던 사람들도 배고픔이 찾아오자 음식을 먹을 수밖에 없었다.

환웅함에서 사람들이 혼란에 빠졌다가 수습되는 동안 성한의 동생인 성혁은 하루 동안 조선 말기에 대한 역사 공부를 하고 소대원 중 몇 명을 데리고 지상으로 내려왔다.

1분대장인 우종현, 그의 분대원인 이승현, 김현진, 정운이 함께 했다.

작은 셔틀선이 인적이 드문 산골짜기 사이에 착륙했다. 셔틀선에서 내린 성혁과 소대원들은 즉시 주변 나무와 수풀 등으로 셔틀선을 숨겼다. 그리고 최대한 비슷하게 조선 사람들과 같은 복장을 하고 숲에서 벗어났다.

장작으로 쓰려고 사람들이 나무를 모두 베었는지 산길 주변이 상당히 깨끗했다. 해가 뜨자 보부상들이 길을 지나기 시작했다. 그들 곁을 대원들은 의식하지 않고 그냥 걸어 지나갔다.

옆을 지나던 보부상 하나가 대원들에게 말을 걸었다.

"이보시오."

"……?"

"거기, 거기 말이오. 길 좀 묻고 싶소. 이쪽 방향으로 가면 어디가 나오오?"

"……."

"이 길이 처음이라서, 알고 싶소."

"……."

성혁보다 몇 살 많아 보이는 보부상이었다.

보부상의 물음에 대원들이 흠칫했다. 그때 성혁이 대원들을 진정시키면서 보부상의 물음에 대답했다. 착륙 지점을 알고 그 주위의 지형과 지리를 어느 정도 알고 있었기에 알려줄 수 있었다.

"이쪽으로 가면 한밭입니다. 죄송하지만 어디로 가시는지요?"

"청주로 가려고 하오."

"한밭에 가신 후에 북쪽으로 가시면 될 겁니다."

대답을 들은 보부상이 환하게 웃었다. 그리고 다시 성혁에게 물었다.

"혹, 양반이시오?"

"예?"

"말투가 상당히 품위 있게 느껴져서 그렇소. 맞소?"

"예… 양반입니다."

"그렇군. 나도 양반이오. 하하하. 혹, 존함이 어떻게 되시오?"

보부상의 물음에 대원들이 긴장했다. 이름을 알리지 않고 도망쳐야 한다는 생각이 들었다. 그러나 성혁은 전혀 긴장하지 않고 자신의 이름을 밝혔다.

"유씨 성에 이룰 성, 클 혁을 써서 유성혁이라 합니다."

"이룰 성에 클 혁이라."

"존함이 어떻게 되십니까?"

"이씨 성에 오를 승, 향기 훈을 쓰오. 호는 남강이라 하오."

"남강……?"

"평안도에서 큰 상단을 이끌었소."

기억을 더듬어 컴퓨터로 익힌 역사 지식을 살폈다. 그리고 파편 같은 지식 속에서 남강 이승훈이라는 호와 이름을 찾았다.

그를 만났다는 사실에 전율을 느껴졌다. 그 감정이 얼굴에 나타나서 당황했을 때, 성혁의 반응을 보고 이승훈이 미소를 지었다.

"지금은 보부상이오. 그러니 놀라지 마시오. 그리고 길을 알려줘서 고맙소. 다음에 보게 되면 꼭 이름을 기억하겠소. 조심히 살펴 가시오."

'남강 이승훈(南岡 李昇薰)'이 감사를 표하고 갈 길을 가려 했다. 그의 이름을 듣고 충격을 받았던 성혁이 겨우 정신을 차렸다. 그가 떠나기 전에 날짜를 물었다.

"송구합니다. 선생님."

"음?"

"여쭙고자 하는 것이 있습니다. 죄송합니다만 여쭤도 되겠는지요?"

"물어보시오."

"동래에 일이 있어서 가고 있는 중인데 약속된 날과 시간이 있어서, 헷갈려서 오늘이 며칠인지 알고 싶습니다. 혹, 말씀해 주실 수 있겠습니까?"

성혁의 물음에 이승훈이 허공에 손가락을 짚으며 날을 세서 알려줬다.

"8월 10일이오."

"10일입니까?"

"그렇소."

"음력으로 알 수 있겠습니까?"

"음력? 양력을 잘못 말한 것이 아니오?"

"예?"

"양력을 묻는 것 같으니 알려주겠소. 9월 28일이 오늘이오. 그러니 약속한 날에 늦지 마시오. 여기서 동래까지 먼 거리니 조심히 살펴 가길 바라오."

"……."

"이만 가보겠소."

"살펴 가십시오. 감사합니다."

성혁에게 이승훈이 며칠인지 알려줬다. 멀어지는 이승훈을 향해 성혁은 허리를 굽혀서 인사하며 고맙다는 말을 전했다. 그리고 점처럼 보일 만큼 서로가 멀어졌다. 대원들이 성혁의 곁으로 와서 이승훈이 착각했다고 말했다.

"음력 아닙니까?"

"음력을 물었는데 양력으로 알려주다니 이것 참……."

이승현과 김현진이 성혁에게 말했다. 두 사람의 이야기를 듣고 성혁은 이승훈이 양력을 말한것이 옳았다고 말했다. 음력이 양력보다 빠를 순 없었다.

"8월 10일이 음력이고, 9월 28일이 양력이야. 내가 음력을 물었는데 양력으로 알려준 이유는 아직 조선이 음력을 사용하기 때문인 것 같아. 그래서 양력을 물은 것이라 생각한 거겠지. 어쨌든 날짜를 알았으니 굳이 고을로 갈 필요는 없겠어. 음력과 양력을 계산하면 올해가 몇년인지도 알 수가 있어. 마을로 가지 않고 돌아간다."

"예. 소대장님."

이승훈을 만나서 소득이 있었다.

년도와 날짜만 알면 그 뒤로 무슨 일이 일어날지 세상이 어떻게 돌아가는지 충분히 알 수 있었다.

셔틀선을 타고 환웅함으로 돌아왔다.

음력과 양력을 계산해서 몇 년인지 확인했다. 중력실에 모인 사람들이 날짜를 확인하고 침묵했다. 음력 8월 10일과 양력 9월 28일이 합쳐지는 해는 1895년이었다. 을미년(乙未年)이라 불리는 해였다. 상상 못할 큰 사건이 그해에 기다리고 있었다.

김인석이 앞으로 있을 일을 확인하고 미간을 좁혔다.

"을미사변… 명성황후 시해 사건이라……."

장성호가 종합적으로 정리된 동양의 정세를 사람들에게 알렸다.

"명성황후의 가문인 민씨 가문의 폭정에 분노한 백성들이 동학농민운동을 일으키고, 그에 맞서기 위해서 청나라 군대를 명성황후가 끌어들였습니다. 그 바람에 일본군도 조선에 진주했습니다. 톈진 조약으로 청일 양국군이 조선에서 철수하기로 했는데, 청나라군이 오면서 일본군도 다시 진주하게 된 겁니다. 그 뒤로 청일전쟁이 일어났고 청나라가 패하면서 일본이 청나라 땅인 요동을 가져갔는데 이것을 러시아가 아니꼽게 본 겁니다. 독일과 프랑스와 힘을 합쳐서 삼국간섭을 했고, 결국 일본은 청나라에 요동을 포함한 빼앗은 땅을 돌려주게 됐죠. 그것을 보고……."

"일본을 견제하기 위해 명성황후가 러시아를 끌어들였죠?"

"맞습니다. 그래서 위협을 느낀 일본이 조선에서 밀려나기 전에 선수를 친 겁니다. 그게 바로 을미사변입니다. 이후에 아관파천이 있었고 대한제국 건국과 러일전쟁, 국권 침탈까지, 우리가 아는 사건들이 일어납니다. 현재 동양 정세는 엉망입니다."

성혁이 다녀오는 동안 성한이 역사를 공부했다. 그가 장성호와 이야기를 나누면서 을미사변의 전후 사정을 사람들에게 알렸다.

조선 주위로 청나라, 일본, 러시아가 힘겨루기를 하고 있었다. 동시에 먼 강국으로 영국과 미국, 프랑스가 함께 있었다.

세계정세가 복잡한 가운데 조선의 상황은 최악이었다. 최소한 조선 왕실이 주도해야할 권력이 다른 나라 사정에 휘둘리고 있었다. 그 일이 너무나 안타까웠다. 그러나 제일 중요한 것은 환웅함에 타고 있는 사람들의 생존이었다.

김인석이 성한에게 물었다.

"어떤 나라에서 기반을 닦았으면 좋겠습니까?"

성한이 되물었다.

"함장님이라면 어디가 나을 것 같습니까?"

"나보다는 유 과장이 더 잘 알것 같습니다만?"

성한에게 행로를 맡기고 대답을 기다렸다. 지도를 보던 성한이 잠시 고민했다. 그때 허윤이 성한에게 말했다.

"미국은 어떻습니까? 어차피 시작할 거, 만랩 찍고 시작하면 좋지 않겠습니까?"

앞으로 최강국이 될 나라에서 기반을 닦는 것을 상상했다. 그 유혹이 결코 적지 않았다. 그러나 성한은 고개를 가로저으면서 아니라고 말했다.

"저도 그 생각을 했습니다. 하지만 지금의 미국은 현대의 미국과 전혀 다른 나라입니다. 지극히 백인우월주의적

이고 제국주의적이기도 합니다. 그나마 열강 중에서 동양인에 대한 인식이 나은 편이지만, 아무것도 없이 미국에 갔다간 험한 꼴을 당할 수 있습니다. 힘들더라도 조선에 가야 합니다."

"……."

"우릴 이해해줄 수 있는 사람들은 우리의 선조들뿐입니다. 이에 대해 어떻게 생각하십니까?"

성한의 물음에 이의를 제기하는 사람은 없었다.

의료팀을 맡고 있는 김신이 대답했다.

"의술만 공부해서 자세한 것은 잘 모르지만 유 과장과 동감입니다. 조선에서 시작해야 합니다."

그리고 박은성이 대답했다. 그는 기술부를 책임지는 자로 기술에 초점을 맞춰서 이야기했다.

"우리가 알고 있는 지식과 경험이 있습니다. 그리고 컴퓨터 안에 이 시대가 보지 못한 수많은 기술이 있습니다. 역사를 바꾸기로 했으니 조선을 위대한 나라로 바꿔보는 것도 좋을것 같습니다."

표정에 기대가 가득 실려 있었다. 박은성이 하는 말에 사람들이 웃음 지었고 무거웠던 분위기가 조금 가벼워졌다. '조선이 망하지 않고 개혁에 성공했다면 어떤 나라가 됐을까'라는 상상을 했다. 그리고 그렇게 만들 수 있는 힘을 환웅함의 사람들이 가지고 있었다.

그것을 십분 발휘해야 했다.

김인석이 성한에게 물었다.

"그러면 조선에서 어떻게 우리의 기반을 다질 겁니까?"

성한이 대답했다.

"을미사변에 개입하는 것으로 시작할 겁니다. 우리가 조선의 권력을 이용해야 됩니다."

어둠에 노을이 지워지고 붉게 물들었던 해가 땅 아래로 사라졌다.

하늘에 달과 별이 떠올랐고 대지에 다시 별빛이 머물렀다.

천장에 달린 전구에서 환하게 빛이 일어났다.

* * *

더 이상 호롱불에 의존하며 어둠을 쫓을 필요가 없었다. 신문물이 조선에 이르러 빛을 선물했고 경복궁(景福宮)은 더 이상 작은 불씨에 의존하며 어둠에 떠는 궁궐이 아니었다.

경복궁 건천궁(乾淸宮)에 동양 최초로 전구가 설치됐다. 에디슨 전기회사에서 조선의 요청을 받아 전구를 설치했을 때, 이웃 나라들은 조선을 건방지게 여기면서 소국이 최초라는 말을 가져가는 것을 탐탁지 않게 여겼다.

때문에 전구는 조선의 자부심일 수밖에 없었다. 천장에서 빛을 발하며 흔들릴 때마다 그것을 도입케 한 사람의 입에 미소가 걸리게 됐다.

조선의 왕후인 '민자영'이 환한 전구 빛 아래에서 책을 읽었다. 책을 읽던 중에 밖에서 궁녀가 목소리를 높였다.

"중전마마. 훈련대 연대장입니다."

"들라 하게."

"예. 마마."

왕후가 거하는 옥호루(玉壺樓)와 이어진 곤녕합(坤寧閤)에 훈련대 연대장이 부름을 받고 찾아왔다.

문이 열리자 신식 군대의 군복을 입은 연대장이 들어와서 군모를 벗고 허리를 굽혔다. 그리고 민자영 앞에 마주 앉아 그가 지시 받았던 것에 대해서 이야기를 나눴다.

민자영이 훈련대의 분위기를 물었다.

"훈련대를 해산하기로 했네. 장병들의 반응은 어떤가?"

왕후의 물음에 연대장이 대답했다. 그는 '홍계훈'이라는 자로 임오년에 군인들로부터 습격 받았었던 민자영을 구한 자였다. 그가 표정을 어둡게 하면서 말했다.

"좋지 않습니다. 반감이 상당합니다."

"그럴 테지. 왕실에 충성을 다할 군대가 아니라 친일파들을 위한 군대니 말야. 교관조차 일본인이니 불안의 싹은 미리 잘라버리는 것이 나아. 훈련대가 해산되면 자넨 시위대의 총지휘관이 될 것이네. 왕실을 지키기 위한 군대는 하나면 족해."

"예. 중전마마."

민자영이 해임될 홍계훈에게 새로운 직책을 약속했다. 그녀는 민씨 가문에 반감을 가진 친일개화파로 인해서 궁지에 몰려 있었다. 그들의 군대를 없애는 것으로 반격을 가할 준비를 하고 있었다.

오직 왕실과 민씨 가문을 지키는 시위대(侍衛隊)만을 남겨서 다시 권력을 쥐고 그녀 뜻대로 조선을 변화시키려고 했다.

훈련대 해산 소식이 한양 도성에 파다하게 퍼졌다.

남산 아래에 지어진 일본 공사관으로도 해산 소식이 전해졌다.

염불을 외던 일본 공사의 감은 눈이 번쩍 떠졌다.

"훈련대를 해산한다고?"

"예. 10여일 후에 부대가 완전히 해체된다고 합니다."

"쥐어진 칼을 빼앗을 셈이군. 하지만 완전히 판단을 잘못했어. 훈련대의 분위기는 어떠한가?"

"불만이 가득합니다. 연대장인 홍계훈이 없으면 아예 대놓고 민비를 욕하는 수준입니다."

"대대장들이 우리와 가까운 자들이니 더욱 그럴 테지. 그들의 이름은 어찌 되나?"

"이두황, 우범선, 이진호입니다. 계급은 셋 다 참령입니다."

"세 사람에게 가서 어쩌면 우리가 도와줄 수 있을 것이라고 전하게. 하는 김에 조선의 군부협판도 끌어들이도록 하지."

"이주회를 말씀입니까?"

"그래. 흥선대원군의 편에 서서 왕비와 척을 지는 자니, 우리가 대신 여우를 죽이겠다고 하면 쌍수를 들고 환영해 줄 것이네. 그리고 자기 이득이 중요한 자라서 흥선대원군을 그리 보필하지도 않을 게야. 우리가 흥선대원군을 이용할 수 있네. 그리고 한성신보 사장에게 공사관으로 오라고 전하게. 그가 나라를 위한 일을 맡아줄 것이네."

"알겠습니다."

"이를 우리 편이 아닌 자들에게 들켜선 아니될 것이네."

"예. 공사."

훈련대 해산 소식이 전해지자 조선을 감시하던 일본 공사관이 빠르게 움직이기 시작했다.

장군 출신인 일본 공사의 '미우라 고로'였고 그는 본국에서 민자영을 죽이라는 밀명을 받았다.

즉시 공사관 지하로 내려가서 왕비를 죽일 것이라고 동경에 전신(電信) 보고를 했다.

그리고 서기관인 스기무라 후카시를 통해서 3명의 대대

장에게 도와줄 수 있다는 입장을 전했다.

조선에서 일어나는 모든 일들이 일본의 최고 권력 기관에 전해지고 있었다.

주재 조선 일본공사관과 외무성을 통해서 일본의 모든 권력을 행사하는 태정관의 총리에게 전해졌다. 얼굴에 사마귀 점이 특징인 뱀의 지혜를 가진자였다.

“조선 훈련대로 궁궐을 장악하고, 여우를 사냥하겠다라… 이노우에 공은 이에 대해 어찌 생각하오?”

일왕에 이은 두번째 권위를 가진 자였다.

일본제국 총리 ‘이토 히로부미’가 보고를 받고 잔잔한 미소를 보였다. 맞은편 소파에 앉아 있는 고관에게 작전 승인에 대한 의견을 물었다. 그리고 고관은 테이블의 찻잔을 들며 이토에게 대답했다.

“좋은 것 같소. 지금 만큼 더 좋은 기회를 보기가 힘들 것 같소.”

“러시아 쪽은 어떤 상태요?”

“설마하니 우리가 조선의 왕비를 죽일 것이라 생각하지 않고 있소. 그러니 막을 수 없을 거요. 조선에 소 잃고 외양간을 고친다는 속담이 있는데, 그 꼴이 될 거요.”

고관의 이름은 ‘이노우에 카오루’이었다.

그는 일본의 혁명인 ‘메이지 유신’에서 이토 히로부미와 함께 피를 흘렸었던 전우였다. 그리고 ‘야마가타 아리토

모’라는 자와 함께 유신의 주역인 ‘조슈(長州) 3존’이라고 불리는 자였다.

전임 조선 공사였던 이노우에가 찬성을 표하자 이토가 고개를 끄덕이며 작전을 승인했다.

그의 손으로 일본의 미래를 닦고 있었다.

“여우를 사냥하겠소. 미우라 공사에게 전하시오.”

“알겠소.”

밀명을 받은 이노우에가 총리 관저인 태정관에서 나갔다.

그로부터 이틀이 지났다.

중처럼 머리를 깎은 미우라 앞에 이두황을 비롯한 3명의 대대장과 조선의 군부협판이 깊은 밤에 일본 공사관을 방문해서 비밀 회합을 가졌다.

그들은 훈련대 교관 ‘오카모토 류노스케’와 한성신보 사장인 ‘아다치 켄조’와 함께 테이블에 앉았다.

공사관 무관이자 포병 중좌(中佐)인 ‘쿠스노세 유키히코’와 극우 낭인 단체와 연을 맺고 있는 공사 참모 ‘시바 시로’도 자리를 함께 했다.

그들 모두는 조선의 왕후인 민자영을 죽이기 위해서 모인 사람들이었다.

우범선이 입을 열며 왕후 살해에 대한 정당성을 주장했다.

“조선 최악의 악녀요. 민씨 가문을 위해서 조선을 말아먹다가 이제 겨우 나라를 정상으로 돌리나 싶었는데 훈련대를 해산하겠다고 하오. 훈련대가 해산되면 결국 민씨 가문을 위한 시위대만 남게 되오. 그렇게 되면 지금의 개화파는 무너질 수 있소. 군사력이 곧 권력이니 반드시 민자영 죽여야 하오. 절대 그년을 용서할 수 없소.”

이어서 군부협판인 이주회가 말했다. 그는 서양에서 육군 장관에 해당되는 직책을 가진 자였다.

“마지막 발악이오. 중전을 죽이고 민씨 가문을 누르면 더 이상 일본과 불편한 관계를 이룰 필요가 없소. 청나라가 이 땅에 왔듯이 러시아군이 올 이유도 없을 거요. 부디 도와주시오.”

두 사람의 이야기를 듣고 미우라가 미소를 드러냈다. 굳이 일본 정부가 나서지 않아도 언젠가 민자영은 그들 손에 죽을 것이라고 생각했다.

그러나 당장 그녀가 죽어야 했다. 조선을 위해서가 아니라 일본을 위해서 더 이상 살아 있으면 안 된다고 생각했다.

그가 역관을 통해 세부적인 계획을 알려줬다.

“우리와 협력한 조선인들은 아국 정부 차원에서 반드시 지켜주겠소. 훈련대에서 궁궐을 포위하면 한성신보 사장이 사원들과 함께 궐에 들어갈 것이오. 여우를 사냥하면 2

대대장이 시신을 태우시오. 조선 군부 협판은 오카모토 대위와 함께 흥선대원군을 경복궁으로 모셔 오시오."

"겨…경복궁에 말이오?"

"그가 모든 책임을 지게 될 거요. 왕실 내전으로 꾸미고 군부 협판은 빠지면 되오. 혹, 흥선대원군과 운명을 함께 할 거요?"

"아니오… 절대 그렇지 않소!"

"하하하. 그럴 줄 알았소. 만약 군부 협판에게 책임을 묻으려고 하면 흥선대원군이 시킨 일이라고 하시오. 오카모토 대위가 증인이 되어줄 거요. 거사일은 10월 10일, 새벽이오. 해 뜨기 전에 일이 마무리되어야할 거요. 보는 눈이 많아서 좋을 것이 없으니 말이오. 여우가 죽고 나서도 오늘의 일은 비밀로 지켜져야할 거요."

"알겠소."

"일한 양국에 찬란한 내일이 있길 원하오."

비장감이 공사관 2층에서 감돌았다. 미우라를 중심으로 민자영을 죽이기 위한 모든 계획이 세워졌다.

공사관 주위로 일본군 수비대가 철통같이 경계를 서고 있었다. 조선의 미래를 어지럽히는 미우라의 계획을 밀실에 함께 있었던 자들 외에 아무도 모를 것이라고 생각했다.

그러나 땅이 알고 하늘이 알고 있었다.

공사관에서 나오는 사람들을 하늘에 떠 있는 비행체가 지켜보고 있었다. 고화질 카메라로 이두황과 우범선, 이진호, 이주회, 오카모토, 아다치 등의 얼굴을 찍고 있었다.

그 영상은 하늘 너머에 있는 환웅함으로 보내지고 있었다. 중력실에서 김인석과 장성호, 유성한, 유성혁 등이 모니터로 지켜보고 있었다. 장성호가 녹음된 대화를 컴퓨터로 재생시켰다.

—우리와 협력한 조선인들은 아국 정부 차원에서 반드시 지켜주겠소. 훈련대에서 궁궐을 포위하면 한성신보 사장이 사원들과 함께 궐에 들어갈 것이오. 여우를 사냥하면 2대대장이 시신을 태우시오. 조선 군부 협판은 오카모토 대위와 함께 흥선대원군을 경복궁으로 모셔 오시오.

미우라가 한 이야기가 모두 녹음됐다. 밀실에서의 이야기가 고성능 녹음기로 녹음되고 보정까지 되었다.

때문에 누가 들어도 미우라의 목소리라는 것이 명백했다. 거기에 이범선과 오카모토의 목소리마저도 녹음됐다.

을미사변에 대해 조금 공부했던 박은성이 장성호에게 물었다.

"놈들이 말하는 거사일이 10일입니다. 원래 8일 아닙니까?"

장성호 대신 성한이 날짜가 다른 이유를 알려줬다.

"본래 10일입니다. 그런데 7일에 훈련대 해산이 이뤄지면서 8일에 급히 시해 사건이 벌어졌습니다. 그래서 목격한 사람도 많았고요. 그럼에도 그런 일이 없다고 주장했으니 부정 못할 증거를 만들어야 합니다. 이 정도면 절대 아니라고 말 못 할 겁니다."

성한이 장성호를 보면서 말했다. 그러자 장성호가 고개를 저으면서 영상만으로는 부족하다고 말했다. 그래서 생각해낸 것이 있었다.

"이러고도 조작된 증거라고 할 겁니다. 특히, 문서가 없으면 증거가 없다는 식으로 말할 수도 있으니 명성황후를 죽이라는 일본 정부의 명령문이 필요합니다. 먼저 공사관을 뒤져야 합니다."

모니터 화면이 바뀌었다. 일본 공사관에서 사람들이 나오던 영상 되신 경비대가 철통같이 지키는 담장 주위의 풍경으로 바뀌게 됐다.

성혁의 목소리가 영상에서 작게 울려 퍼졌다.

—지금부터 공사관에 침투하겠습니다.

숨죽인 상태로 성혁이 임무를 수행하는 것을 지켜봤다. 공사관 멀리서 정운이 저격대기 중이었고 그의 곁을 김현진이 지켜주고 있었다. 그리고 우종현과 이승현이 함께 침투했다.

빛을 굴절시키는 스텔스 망토를 뒤집어쓰고 인기척이 느

껴질 때마다 가만히 서서 기다렸다. 그리고 공사관 건물로 진입해 들어갔다.

복도를 걷던 스기무라가 인기척에 돌아봤다.

"음……?"

돌아봤을 때 아무도 없었다. 발소리가 난 것 같았지만 복도엔 자신 말고 아무도 없었다.

고개를 몇 번 갸웃거리다가 가던 길을 걸으면서 방문을 열고 들어갔다.

책장 앞에 서서 책들을 짚을 때 뒤에서 바람이 불었다.

'이런… 문이 제대로 안 닫혔군.'

닫았을 것이라고 여겼던 문이 열려 있었다.

스기무라가 가서 다시 문을 닫았고 책장의 책들을 짚자 옆으로 책장이 밀리면서 비밀 통로가 드러났다.

스기무라가 아래로 내려가자 휴식을 취하고 있던 전신 기사들이 일할 준비를 했다. 그들 앞으로 스기무라의 보고문이 놓여졌다.

"동경에 전하게."

"예. 서기관님."

스기무라가 뒤에서 지켜보고 있었다. 전신 기사들은 버튼을 두드리면서 전신 부호로 동경에 보고문의 내용을 전하기 시작했다.

한쪽에 이미 전신 보고를 마친 문서가 쌓여 있었다. 거기

에서 몇 장이 바람에 흔들리면서 빠져나왔다. 허공에 떠서 움직이다가 갑자기 공중에서 사라졌다.

아지랑이가 핀 것처럼 공기가 일렁였다.

인기척을 느끼고 스기무라가 고개를 돌렸을 때, 이미 아지랑이들은 그 자리에 없었다. 한동안 구석을 쳐다보다가 기사들이 하는 일을 봤다. 그리고 전신 보고가 끝났을 때 구석의 문서를 가리키며 스기무라가 말했다.

버려진 문서를 소각하라고 지시했다.

"다시 쓰일 일이 없는 문서들을 태우게. 정리할 때가 되었어."

"예. 서기관님."

지시를 받고 기사들이 문서를 다시 확인했다. 그리고 화로 속에 넣어서 소각하기 시작했다.

탄 내음이 밤하늘을 물들였다.

스텔스 망토를 뒤집어쓰고 공사관에 침투했던 세 사람은 무사히 정운과 김현진의 곁으로 와서 하늘에 연기를 내뿜는 공사관 건물을 지켜봤다.

우종현이 성혁에게 다행이라고 말했다.

"조금만 늦었어도 소각되어서 재가 됐을 겁니다. 이제 일본의 만행이 세상에 알려지게 될 겁니다. 놈들에게 빠져나갈 구멍은 없습니다."

성혁이 탈취한 문서를 차분히 살폈다. 고등학교 시절 어느 정도 일본어와 한자를 배운 것이 도움이 됐다.

문서 속에 조선의 왕후를 죽이겠다는 내용이 담겨 있었다. 그리고 누구를 포섭할 것인지에 대해서도 이름까지 함께 쓰여 있었다.

문서만 놓고 보면 그리 큰 힘을 가지지 못할 증거였지만 영상 기록까지 더해지면 그 힘은 위력적일 수밖에 없었다.

애지중지하며 원통 안에 넣고 단단하게 잠갔다. 그리고 대원들에게 말했다.

"일단, 돌아가자."

셔틀선을 타고 환웅함으로 돌아왔다. 중력실 탁자에 일본 공사관에서 탈취된 문서들이 놓였다. 문서의 내용을 확인하고 그것이 일본의 범죄를 증명할 증거가 될 것이라고 생각했다.

장성호가 김인석에게 말했다.

"이제 치면 됩니다."

김인석이 성혁에게 물었다.

"훈련대 3개 대대에 일본군까지 가세해. 그리고 명성황후를 죽인 낭인들까지 가세하지. 그들 모두를 상대해야 하는데, 가능하겠는가?"

"가능합니다."

"한명도 죽거나 다쳐선 안 되네."

"다치는 것은 모르겠지만 절대 죽는 대원은 없을 겁니

다. 놈들을 죽였으면 죽었지, 절대 당하지 않을 겁니다."

"잘 준비해서 놈들의 계략을 막아보세."

"예. 함장님. 먼저 가보겠습니다."

대원들을 준비시키기 위해 성혁이 먼저 중력실에서 나갔다.

김인석에게 경례하고 나가자 사람들의 가슴에 단단한 결의가 새겨졌다.

지식으로 펼쳐지던 미래가 지워지려 했다.

"이제부터 우리가 모르는 일들이 벌어질 겁니다. 만반의 준비를 해야 됩니다."

성한의 이야기에 사람들이 고개를 끄덕였다.

1895년 10월 8일, 음력으로는 8월 20일. 칠흑 같은 어둠이 내린 새벽이었다.

그날부터 역사가 뒤틀리기 시작했다.

왕의 아비인 흥선대원군이 거하는 별장에 검은 옷을 입은 훈련대 장병들과 이주회가 찾아와서 문을 두드렸다. 별장의 문이 열리자 흥선대원군을 보필하는 종이 나와서 인사했다.

"군부협판 대감이셨습니까?"

"그래. 나일세. 대원위 대감께선 안에 계시는가?"

"침소에 드셔서 주무시고 계십니다."

"지금 바로 깨워 드리게. 한시가 급하네. 대궐로 가셔야 하네."

"잠시 기다려 주십시오. 대감."

사람들이 보기에 모양이 좋아야 했다. 때문에 종이 흥선 대원군을 깨워서 나올 때까지 이주회가 기다리게 됐다.

잠시 후 종이 나와서 대원군의 물음을 전했다.

"무슨 일인지 알려 달라 하셨습니다."

"무어라? 이런! 급한데… 망할!"

"대감! 대감!"

이주회가 종을 밀치고 안으로 들어갔다. 그 뒤를 따라 훈련대 장병들과 교관인 오카모토가 함께 들어갔다. 장병들을 본 여종들이 놀라서 비명을 질렀다.

이주회는 곧바로 이하응이 있는 곳으로 성큼성큼 걸어갔고 대청마루에 서 있는 이하응을 보고 움찔하게 됐다.

포효하는 표범의 얼굴이 이하응의 얼굴에 서려 있었다.

"군부협판. 이 밤중에 내게 무슨 일인가?"

잠기운 없는 목소리로 이하응이 물었다. 이주회가 당장 궁궐로 가야 한다고 말했다.

"장병들이 중전의 폭정에 항거하여 일어났습니다. 어서 대궐로 돌아가시지요. 대감을 저희들이 모시겠습니다."

달콤한 말을 듣고 이하응이 장병들을 살폈다. 그리고 오카모토가 그들 곁에 서 있는 것을 봤다. 그를 보고 어떻게 상황이 돌아가는지를 알아차렸다.

“네 이놈! 이주회! 감히 왜놈과 결탁하려 날 속이려 드는가?!”

“빌어먹을…….”

“네놈 같이 친일개화 일당의 속을 내 모를 줄 알았더냐?!”

별장이 떠나갈 정도로 이하응의 호통 소리가 울려 퍼졌다.

칠순을 넘어 몇 년 있으면 팔순에 이르게 될 이하응의 기운이 정정했다.

이주회가 작은 목소리로 욕설을 뱉었고 분위기를 살피던 오카모토가 앞으로 나섰다. 그가 이하응을 상대로 설득에 나섰다.

“조선의 왕비가 죽기를 원하지 않았습니까? 그래서 임오년에 조선군을 선동해서 궁궐을 공격했던 것으로 압니다. 무소불위의 권력을 돌려 드리고자 하는데 어째서 그리 진노하시는 겁니까?”

통역병의 이야기를 듣고 다시 이하응이 호통을 쳤다.

“내가 미워하고 나라를 망치는 것 같아도 내 며느리다! 그리고 이 나라의 중전이다! 그런데 어찌 왜놈 따위가 남의 나라에 내정간섭 하는가?! 네놈들이 벌이고자 하는 흉계에 나는 절대 가담하지 않을 것이다!”

“대원위 대감.”

"물러가라! 한줌 권력을 버리는 한이 있어도 나는 절대 외세를 돕지 않을 것이다!"

"……."

이하응의 호통에 오카모토의 얼굴이 일그러졌다. 즉시 이주회에게 흥선대원군을 강제로 끌고 가자고 말했다.

이주회가 오카모토를 따라 장병들에게 지시를 내렸다. 붙들린 이하응이 몸부림치면서 노성을 터트렸다.

"이놈들! 이게 무슨 짓이냐?! 놓아라! 역적 놈들아!"

힘들게 가마에 강제로 태웠다. 튼튼한 줄로 가마를 묶어서 안에서 이하응이 못 나오도록 만들었다. 그리고 장병들이 가마를 들었다. 이주회가 오카모토와 함께 장병들을 이끌었다.

"대원위 대감을 안전히 모셔라!"

"예! 대감!"

종들이 울면서 별장에서 나와 주저앉았다. 남은 장병들과 소대장이 종들을 위협했고 그들에게 위증하지 않으면 이하응을 죽일 것이라고 경고했다. 종들은 흥선대원군을 위해서라도 거짓말해야 한다고 생각했다.

이하응이 공덕에서 강제로 경복궁으로 오는 동안 고요함에 잠든 육조거리에서 무수한 군홧발 소리가 일어났다.

서서 졸던 궁궐 초병들이 잠에서 깨어났다.

"음……?"

"무슨 소리야… 이건……?"

어둠보다 새까만 그림자들이 움직였다.

거동 수상한 자들이 몰려옴에 급히 소총의 총구를 조준했다.

일제(日製) '무라타 소총'으로 그림자들을 조준하고 엄히 경고했다.

"멈춰라! 멈추지 않으면 쏘겠다!"

초병의 경고에 그림자들이 섰다. 그 수가 적어도 100명을 넘었다. 광화문을 지키던 초병은 장전된 총을 들고 있음에도 몹시 두려워할 수밖에 없었다.

그 앞으로 그림자 중 하나가 정체를 드러냈다.

"우 대대장님…?"

우범선이 앞에 있었고 초병이 횃불 앞에서 드러난 얼굴을 보고 놀랐다.

초병들에게 우범선이 지시를 내렸다.

"길을 열라."

"예?"

"너희들은 이 일에 상관이 없다. 그러니 길을 열라."

우범선의 지시에 초병들이 어쩔 줄 몰랐다. 그들은 모두 시위대 소속이었고, 우범선은 훈련대 소속이었지만 엄연히 군에서 상급자였다. 소속이 다른 대대장의 지시를 따라야 하는지 고민했다. 그 전에 우범선의 뒤를 따르는 100명이 넘는 병력에 긴장하고 두려워했다.

무슨 일로 온 것인지 몰랐지만 길을 열지 않으면 험한 꼴을 당할 것이라고 생각했다. 그때 훈련대 최고 상급자가 와서 우범선의 앞을 막았다.

"훈련대 해산이 불만이었다고 해도 이런 대역죄를 저지르다니! 네 이놈, 우범선! 네놈이 이러고도 살길 바라는가?!"

"……."

"훈련대 최고 지휘관으로 장병들에게 명한다! 속히 부대로 복귀하라! 그렇지 않으면 대역죄인과 같은 운명을 맞게 될 것이다! 뭣들 하는가?! 죄인을 포박하라!"

밤에 훈련대가 움직였다는 보고를 듣고 급히 집에서 나와 광화문으로 달려왔다.

홍계훈이 2대대 장병들에게 부대로 복귀하라는 명을 내렸다. 그리고 초병들에게 우범선을 포박하라는 명령을 내렸다.

그러자 용기를 얻은 초병들이 우범선의 몸을 붙들고 포박하려고 했다.

그 순간이었다.

"조준! 발포!"

탕! 타탕!

"윽……?!"

총성이 일어났고 홍계훈이 흉탄을 맞으면서 무릎을 꿇었다. 그의 지시를 따라 우범선을 포박하던 초병들이 당황했다. 그리고 초병들에게도 이내 총탄이 날아들었다. 대궐문을 지키려는 자들 중에 산자는 단 한명도 없었다.

몇 발의 총탄이 홍계훈에게 더 날아들었다.

타탕! 탕!

"컥…! 우범선. 어찌 네놈이… 으윽……."

민자영의 오랜 충신이 목숨을 잃었다.

그의 시신을 우범선이 내려 보다가 위로 넘으면서 대궐로 들어갔다.

검은 옷을 입은 훈련대 장병들이 광화문 안으로 돌진했다.

분노의 함성이 한양 하늘을 가득 메웠다.

"중전을 찾아라!"

"와아아아~!"

1895년 을미년(乙未年)이었다. 조선이 비탄에 잠기려고 했다.

신조선 新 사계

을미사변을 지우다

처음에는 모든것이 생소하고 두려울 수밖에 없었다. 설령 나이가 많고 경륜이 충분하다 해도 신세계를 만나고 강한 나라의 지도자를 처음 만나는 일은 몹시 긴장되는 일일 수밖에 없었다.

미리견 대통령을 만나서 큰절을 올리려고 했다. 대통령 보좌들이 달려와서 몸을 일으켜 세우고 절하는 것을 막았을 때, 열강 제국의 황제에게 인사하지 못했다는 생각으로 조선에 큰일이 닥칠 수도 있다는 걱정했다.

그러나 이제 그것은 추억이었다. 새로운 세계에 눈을 뜨면서 다시 그때와 같은 상황이 되면 악수로 인사를 대신할 수 있었다. 청나라를 두려워했던 소심한 마음도 그때와 다르게 대범해져 있었다.

총리 '박정양'이 총리부로 바뀐 의정부 관아에서 늦은 밤까지 일하고 있었다. 그는 나라와 백성을 위한다면 가시밭길도 웃으면서 걸을 수 있었다.

환하게 켜진 전등 아래에서 각 부에서 올라온 문서에 수결을 넣고 총리 인장을 새기고 있었다. 밖에서 인기척이 났고 문 앞에서 발걸음 소리가 멈췄다. 그 소리를 듣고 박정양이 너머에 선 사람의 호를 불렀다.

"도원인가? 어서 들어와서 날 도와주게. 자네가 벌인 일들이니……."

드륵.

문이 열리고 사람이 들어왔다. 관복이 아닌 보통의 옷을 입은 선비가 들어와서 멋쩍은 웃음을 지어보였다. 그는 박정양보다 한살 어린 사람이었다. 그리고 조선의 개혁을 주도하는 인물이었다.

총리는 아니었지만 총리에 준하는 권한과 권위를 가진 자였다. 박정양이 그에게 투덜거리듯이 말했다.

"이렇게 일을 벌여놓고 뒤로 빠지다니, 대체 무슨 생각인가?"

"형님. 제가 빠지고 싶어서 빠졌겠습니까. 일을 하다 보니 불상사가 생겨서 빠졌지요. 안 그렇습니까?"

"그 일이 불상사인가? 엄연히 대역죄일세. 박영효가 지은 대역죄에 휘말려 죽을 뻔하고도 그런 소릴 하는가? 다음부터 그와 연립하지 말게. 어차피 하고 싶어도 못 하겠지만 말야. 전하께서 기회를 주신 것을 다행이라 생각하게."

"기회를 받으신 분은 형님이지요. 제게는 직책도 없습니다. 개혁을 위해서 쓰이는 것 말고는 아무것도 없습니다. 이제부터 공이 있으면 전부 형님 것입니다."

'도원'이라는 호를 쓰는 친우(親友)의 이야기를 듣고 박정양이 고개를 가로저었다. 그는 언젠가 세상이 벗의 진심을 알아줄 것이라고 말했다.

"세상이 자넬 두고 친일파라고 손가락질을 해도 언젠가 자네를 알아줄 것이네."

자조적인 말투로 도원이 말했다.

"죽어서 알아준다면 정말 다행일 겁니다. 그렇게라도 조선이 개화되었으면 좋겠습니다. 이 나라가 열강이 될 수 있다면 마땅히 목숨을 내놓을 겁니다."

뜻이 숭고한 대인(大人)이었다. 도원의 이야기를 들은 박정양은 '김홍집'이라는 이름이 역사에 크게 새겨질 것이라고 말했다.

두 사람이 함께 힘쓰며 조선의 무궁한 발전을 이끌고 있었다. 늦은 밤까지 관아에서 일하고 나서야 집으로 가서 잠자리에 들 수 있었다.

어두웠던 밤이 더욱 깊어졌다.

잠잠한 호수 아래에서 괴수들이 움직였다.

침묵이 한양을 집어삼켰다.

* * *

"오늘도 정말 피곤하구나. 과인은 침소에 들 테니 궁내부대신도 이만 쉬도록 하라."

"아닙니다. 전하. 신은 전하를 보필하는 것이……."

"과인을 근심케 하지 말고 숙직 관리에게 일을 맡기고 퇴궐하라. 경이 아프면 과인을 보필해 줄 사람이 없다. 괜히 일을 핑계로 늦게 집에 가지 말라."

"……."

"어명을 따르지 않을 셈인가?"

피로한 왕이 하루 종일 자신을 보필했던 신하에게 퇴궐을 명했다. 어명을 따르지 않을 것이냐고 묻자 충신은 미소를 드러내면서 자신의 뜻을 관철 시키려고 했다.

나라를 위해 힘쓰는 것이 그의 보람이었다.

"하오면, 10월에 쓰이는 궁궐 예산의 초안만 작성하고 퇴궐하겠습니다."

"고집불통이로군. 그러면 절대 무리하지 말라. 과인의

어명이다."

"예. 전하. 성은이 망극하옵니다."

갑오년에 있었던 개혁으로 내시부가 없어졌다. 내시부를 대신해 궁내부가 새로 대궐에 설치되었으니 궁내부를 책임지는 최고위관리는 엄연히 자식을 낳을 수 있는 보통의 관료였다.

그의 이름은 '이경직'이었다. 왕인 '이희'에게 허리를 굽히면서 인사한 뒤 그의 처소인 장안당에서 물러났다.

이경직이 가는것을 보고 이희가 관리에게 문을 닫으라 명했다. 그리고 미리 깔린 이부자리 위로 몸을 누이고 한숨을 쉬며 천장을 보았다.

자신이 통치하는 조선이 열강의 손아귀에서 벗어나기를 소망했다.

'그저 망하지만 않게 해주십시오. 영길리와 아라사를 넘어서는 나라가 되기까지 원하는 것이 아닙니다. 그저 외세의 손아귀에서 벗어날 수 있게 해주십시오.'

조상신이든 천신이든 누구든 그 소원을 들어주기를 원했다. 심지어 서양의 신으로 불리는 야훼에게까지 소원하면서 조선이 열강의 아가리 속에서 벗어나기를 기도했다.

그렇게 기도를 하다 잠들었다.

다시 눈을 떴을 때 찬란한 해가 조선을 밝혀주기를 원했다. 그러나 어두웠고 핏빛으로 물들고 있었다.

밖에서 일렁이는 횃불이 침전 내 천장을 적빛으로 물들이고 있었다. 흔들리는 인영이 섬뜩한 인기척을 만들었다. 분노의 함성이 경복궁 하늘을 흔들고 있었다.

"중전을 찾아라!"

"여우를 찾아라! 어서!"

"와아아아~!"

탕! 타탕! 탕!

"……?!"

함성과 총성이 함께 울려 퍼졌다. 누워있던 이희가 벌떡 일어나서 아무도 없는 침전을 둘러봤다. 그때 문이 열리면서 궁내부 관리가 안으로 들어왔다.

"전하!"

"이게 무슨 소리인가?!"

"훈련대가 반란을 일으켰습니다!"

"무어라?!"

"훈련대 연대장이 반란군을 막다가 대궐 문 앞에서 죽임을 당했습니다! 다이 대장이 시위대를 이끌고 막고 있사오나 밀리고 있습니다! 속히 피하셔야 됩니다!"

관리가 들어와서 이희의 몸을 일으키려고 했다. 다급함과 당황 속에서 이희는 해산 명령을 받은 훈련대가 악감정으로 반란을 일으켰다고 생각했다. 그때 다시 침전 밖에서 울려 퍼지는 반군의 외침을 들었다.

"옥호루다! 중전을 찾아라!"

"…중전! 중전을 지켜야 한다!"

누가 표적이 됐는지를 알았다. 급히 왕후의 침전으로 향하려고 했다. 그 순간 침전 앞에서 궁녀들이 비명을 질렀다.

"꺄악!"

촤악!

"……?!"

창호에 핏물이 잔인하게 흩뿌려졌다. 궁녀들과 관리를 죽인 흉흉한 무리들이 왕의 침전으로 들어와서 살기 가득한 눈빛을 드러냈다.

그로 인해 이희가 나가던 발걸음을 세웠다. 보필하는 숙직 관리와 함께 벌벌 떨면서 앞을 가로막은 무리를 두려워했다.

그리고 분노했다.

"과인은 이 나라의 임금이다! 그런데 어찌 너희 일본인들이 과인을 막고 과인의 궁궐에서 이런 잔악무도한 일을 벌인단 말이냐! 어서 비켜나지 못할까!"

!

"김 주사?!"

"저…전하……."

"김 주사…감히! 네 이놈들……!"

칼에 맞아서 숨을 거두는 주사를 안고 이희가 눈물을 쏟았다.

왕으로서 적을 모두 죽이고 소탕하고 싶었지만 아무런 능력도, 힘도 없다는 것을 알고 있었다.

그저 분노 가득한 시선으로 노려보는 것만이 이희가 할 수 있는 전부였다.

* * *

탕! 타탕!

"음…?"

타탕!

"무슨 소리지…? 이건……?"

늦게 집에 들어와 겨우 잠자리에 들었던 박정양이 총소리에 놀라서 일어났다. 어둠이 방안을 가득 채운 상태로 눈을 비비고 주위를 돌아봤다. 다시 총성이 들렸다.

문이 덜컥 열리면서 아들인 승길이 들어왔다.

"아버지!"

"무슨 일이냐 승길아?!"

"큰일 났습니다! 훈련대가 궁궐을 포위했습니다. 아버지!"

"뭐?!"

"시위대와 교전을 벌이고 있습니다! 광화문 앞에 반군이 지키면서 근처에 아무도 오지 못하도록 막고 있습니다!"

"……?!"

"안에 전하와 중전마마께서……!"

"나가야겠다. 승길아! 아비의 옷을 주거라!"

"예! 아버지!"

박정양이 급히 옷을 입었다. 옷을 입는 동안에도 총성은 계속 울려 퍼졌다. 시간이 없다는 생각에 버선을 신다가 넘어지기도 했다.

옷을 급하게 입고 밖으로 나갔다. 나가기 전에 승길에게 식구를 잘 보살피고 집을 지키라고 말했다.

광화문으로 향하다가 김홍집을 만났다.

"도원!"

"형님!"

"이게 어찌된 일인가?!"

"저도 잘 모르겠습니다! 갑자기 난리가 일어나서 궁궐에 가는 길입니다!"

"같이 가도록 하세! 그리고 조심하게!"

"예! 형님!"

군이 반란을 일으켰다는 소식을 듣고 빠르게 걸음을 옮겼다.

모든 사람들의 꿈이 깨지고 궁궐이 핏빛으로 물들기 시

작했다.

궁궐이 왜적과 역도들에게 포위되어 난장판이 됐다.

훈련대 2대대장인 우범선이 길잡이가 되어 민자영을 죽일 낭인들을 안내했다. 건청궁 주위를 포위해 사람들이 접근하는 것을 막았다.

이주회에 의해 강제로 끌려온 이하응은 궐내 교태전 뒤편에 위치한 건녕전에 감금됐다. 그가 일본이 날조한 용의자가 될 판이었다.

"하늘이 네놈들의 죄를 절대 용서치 않을 것이다!"

핏발 서린 이하응의 분노를 직시하면서 오카모토가 비웃었다.

"그럴 일은 없을 겁니다. 어제도 오늘도 내일도, 하늘은 언제나 대일본제국 편에 서 있을 테니 말입니다. 다시 권좌를 돌려드릴 테니 그땐 감사나 표하십시오."

문이 닫히면서 이하응의 노성이 울려 퍼졌다. 그가 갇힌 건녕전 주위로 훈련대 장병들이 보초를 서며 사람들의 접근을 막았다. 그리고 이하응은 안에서 반군의 함성 소리만을 들었다.

중전을 찾는 반란군의 외침에 궁녀들이 민자영을 지키려고 옷을 벗었다.

"마마! 어서 소인의 옷을 입으시옵소서! 놈들이 마마를 노리고 있습니다!"

"입지 않을 것이다!"

"입으셔야 됩니다! 나라를 위해서 살아남으소서! 마마!"

조선을 위해 살아남아달라는 궁녀들의 말이 마음을 흔들었다. 그말을 듣고 민자영이 왕후의 옷을 벗고 궁녀 복으로 갈아입었다.

옷을 막 갈아입었을 때 밖에서 울려 퍼지는 일본말을 들었다.

"옥호루에 여우가 있다!"

"포위하라!"

몸이 경직되면서 많은 생각이 일어났다. 그리고 순식간에 어떤 사정으로 훈련대가 반란을 일으켰는지 직감했다. 공포에 휩싸인 궁녀가 민자영을 걱정하면서 올려다봤다.

"마마……."

일본과 결탁한 무리들이 그토록 증오스러울 수가 없었다. 눈에서 원통한 눈물이 쏟아질 것 같았지만, 눈물을 흘리지 않고 궁녀들 사이로 몸을 숨겼다.

옥호루의 문이 부서질 듯이 열렸다.

서슬 퍼런 왜도(倭刀)가 궁녀들의 시선을 크게 흔들어 놓았다.

왜도를 손에 쥔 낭인들이 왕후의 침전에 들이닥쳤다. 그리고 왕후의 옷을 입은 궁녀와 마주하게 됐다.

"네 이놈들! 여기가 어디라고 감히 난입하는가?! 네놈들의 머리 위로 천벌이 떨어질 것이다!"

변복한 궁녀가 왜도를 든 낭인들에게 호통을 쳤다. 낭인들은 눈 하나 깜짝하지 않고 음흉한 미소를 드러내면서 궁녀들을 소름 돋게 만들었다. 한없는 죄악과 탐욕이 시선 속에 가득 담겨 있었다.

잠시 후 낭인들을 이끄는 자가 옥호루로 들어왔다.

"여우를 포위했는가?"

"예. 사장님."

아다치가 변복한 궁녀와 다른 궁녀들의 얼굴을 살피면서 묘한 표정을 지었다. 그의 반응을 보고 궁녀들이 긴장했다. 아다치의 생각이 궁녀들의 생각보다 한 수 위였다.

"끌어내라. 왕비를 아는 자에게 어떤 년인지 물어볼 것이다."

지시를 받은 낭인들이 궁녀들을 밖으로 끌어내려고 했다. 그때 변복한 궁녀가 몸부림을 쳤다.

"놔라! 금수만도 못한 놈들! 이 나라 국모에게 네 놈들이 어찌……!"

!

"꺄악!"

"심순아!"

중전의 죽음에 궁녀들이 실수로 이름을 불렀다. 그 모습을 보고 아다치가 진한 미소를 지어 보였다. 그제야 궁녀

들이 실수를 알아차리고 벌벌 떨었다.

낭인들에게 강제로 끌려 나와 옥호루에서 이어진 곤녕합 앞마당으로 끌려나왔다. 그리고 궁녀들과 함께 민자영도 끌려나와 바닥에 엎어졌다.

사방을 낭인들이 둘러쌌고 건청궁 문 앞을 훈련대 장병들이 막아섰다.

퇴궐했어야할 이경직이 훈련대 병사들에 의해 끌려왔다.

'마마?!'

변복한 민자영을 보고 이경직의 눈이 잔뜩 커졌다. 그리고 이경직을 본 민자영도 놀라 주위를 살피면서 어쩔 줄 몰라 했다.

아다치와 시바가 낭인들 뒤에 있었고 오카모토와 함께 우범선과 이주회가 함께 서 있는 것을 민자영이 보게 됐다.

두 사람을 보고 입술을 질끈 물었다.

'우범선… 이주회…! 네 놈들이 어찌 감히……!'

두 사람과 시선이 마주쳤다.

아다치가 두 사람에게 왕후가 누구인지를 물었다.

"누가 여우요?"

우범선이 검지를 들며 민자영을 가리켰다.

"안쪽에 가채가 큰 여자가 중전이오. 저 여인이 바로 조선의 악녀요."

"그렇군."

아다치가 낭인들에게 지시했다.

"머리채가 가장 큰 여인이 늙은 여우다. 죽여라."

"이런! 아니 된다! 이것들아! 아앗!"

낭인들이 민자영을 죽이기 위해 왜도를 들었다. 그 앞을 이경직이 벌떡 일어서면서 막으려고 했다. 팔을 벌리면서 낭인들의 칼날을 막으려고 했다. 날카로운 왜도에 양팔이 베이고 구슬픈 선혈이 떨어질 것이라고 생각했다.

그때 팔이 아닌 낭인의 머리에서 피가 튀었다.

쉬익!

퍽!

"……?!"

사람들의 얼굴에 피와 뇌수가 함께 튀었다.

왜도를 휘두르던 낭인의 머리가 터졌고 바로 뒤에 있던 낭인의 머리도 반쪽이 됐다.

두 사람 뒤에 있던 자가 뚫린 가슴을 팔로 가리고 쓰러졌다. 낭인들의 죽음에 사람들이 놀라서 당황했다. 어느 누구도 그런 일이 일어날 것이라 여기지 않았다.

사고가 정지됐을 때 오직 한 사람만이 눈앞에서 일어나는 상황을 바로 봤다.

"저격이다!"

오카모토가 크게 외쳤다.

총성이 들리지 않는 저격으로 기이함이 일어났다. 이내 공포가 왜적과 역적들에게 쏟아져 내렸다.

어두운 밤을 꿰뚫는 맹수의 시선이 있었다.

* * *

“2분대, 2분대 목표지점에 도착했는지?”

—도착, 대기 중.

“3분대, 3분대 목표지점에 위치했는지?”

—도착, 대기 중.

“당소 1분대, 소대장이다. 현 시각부로 작전을 개시한다. 각 분대는 일본의 범죄 행위를 빠짐없이 캠으로 촬영하라. 교전을 허락한다. 이상.”

—수신.

귀에 낀 이어폰에서 목소리가 울려 퍼졌다. 입 옆에 붙은 마이크로 분대장들에게 명령을 내린 성혁이 전각 지붕 위에서 낭인들의 만행을 지켜보고 있었다.

함께 하고 있는 1분대원들이 싸울 준비를 했다. 정운이 저격총을 들고 낭인을 조준하고 있었다. 성혁이 정운에게 저격 타이밍을 알려주고 있었다.

“대기… 대기… 대기… 지금이다.”

퉁.
"탱고 다운, 탱고 다운. 세명 사살. 지금 외친 놈이 오카모토다. 쏴라."
사격.
퉁.
"탱고 다운."
삼각대가 펼쳐진 C—7 저격총이 들썩였다. 저격총에 부착된 고성능 배터리로부터 고전류가 흘러나와 약실의 총탄을 전자기로 밀어냈다. 그리고 12.7mm 구경에 이르는 철갑탄이 오카모토의 머리가 훑고 지나갔다.
'퍽!'하는 소리와 함께 그의 머리가 사라지게 됐다.
아다치가 경악하며 그의 이름을 부르짖었다.
"오카모토 교관…!"
이번에는 아다치였다.
퍽!
"사…사장님?!"
죽은 상사를 보며 낭인들이 크게 당황했다.
흉계를 꾸몄던 두 사람이 머리 없는 귀신이 됐다.
놀란 낭인들은 주위사방을 돌면서 총을 쏜 자들을 찾으려고 했다.
솔직히 날아든 것이 총알인지 아닌지 확신조차 되지 않았다.

우범선이 몸을 낮춰서 잔뜩 겁을 먹은 가운데 훈련대 장병들은 혼란 속에서 소총을 들고 주춤거렸다.

이경직이 주위를 돌아보며 자신과 민자영을 구한 이가 어디에 있는지 찾아보려 했다. 그러나 어둠 속에서 찾을 수 없었다. 다시 몇 명의 낭인이 동시에 뚫렸다.

쉬익!

퍽!

"총성이 안 들려?!"

"어디야. 대체……?!"

저격하는 이가 아군이라는 것으로 확신했다.

이경직이 민자영에게 급히 외쳤다.

"지금입니다! 피하셔야 됩니다! 중전마마!"

민자영이 궁녀들의 보호를 받으면서 도망치려고 했다. 위기에 빠진 낭인들이 발악할 요량으로 민자영에게 달려들었고 그들의 머리도 오카모토와 마찬가지로 터지게 됐다.

헬멧에 달린 캠으로 일본의 범죄를 촬영한 성혁이 우종현에게 명령했다.

"우범선과 이주회를 빼고 모두 죽인다! 두놈은 재판으로 죗값을 치러야 해! 나머지는 모조리 죽여라!"

"예! 소대장님!"

"사격 개시!"

"사격 개시!"

드드드득. 드드득.

분대원들이 들고 있는 소총에서 옅은 파열음이 일어났다. 총알이 총구에서 빠져나갈 때 일어나는 기압차가 주는 소리였다. 전기를 잔뜩 먹은 7.62mm 구경의 총알이 곤녕합 앞마당에 모인 적들에게 날아들었다.

미래 대한민국군 레일 표준 화기인 'C—1 레일 소총'이 총탄을 쏟아내자, 남아 있던 낭인들과 훈련대 장병들이 쓸려나가기 시작했다.

건청궁에서 일어나는 비명 소리를 광화문을 지키는 훈련대 장병들이 들었다.

* * *

골목에서 육조거리로 나와 광화문을 향해서 걸어갔다. 박정양과 김홍집이 목숨을 걸고 반란군을 진정시키려고 했다. 어둠 속을 꿰뚫는 횃불이 보였고 서성이는 그림자들을 봤다. 두 사람은 그림자들이 곧 궁궐을 포위한 반란군인 줄 알았다. 그들에게 가서 설득하려고 할 때 다른 골목에서 두 사람을 부르는 목소리를 들었다.

담벼락에 몸을 숨긴 선비가 두 사람 있었다.

"총리대신!"

"내부대신…? 내부대신인가?!"

"예…! 이리 오십시오…!"

내각에서 내부를 맡고 있는 대신이 두 사람을 불렀다. 그의 이름은 '민영달'이었고 옆의 인물은 그와 마찬가지로 총성에 자다 깨 밖으로 나온 인물이었다.

이목구비가 훤했지만 표정변화가 거의 없어서 무슨 생각을 하는지 알 수 없는 인물이었다. 그의 직책은 학부대신(學部大臣)이었다.

내각을 책임지는 네 사람이 골목 귀퉁이에 숨어서 모였다.

"이게 어찌 된 일이오? 갑자기 반란이라니?"

"저도 잘 모르겠습니다. 하지만 짐작하는 바가 있습니다."

"설마, 훈련대 해산 때문인가?"

"그 외에 다른 이유가 없습니다. 학부대신도 그렇게 생각한다고 말했습니다."

민영달의 이야기를 듣고 박정양과 김홍집이 학부대신을 쳐다봤다. 그때 궁궐에서 총성이 울려 퍼졌다. 총소리에 고개가 돌아갔을 때 입이 무거운 학부대신이 말했다.

그는 조정에서 촉망받는 인재였다.

"일본이 사주했을 겁니다. 단순한 반란은 결코 아닙니다. 중전마마께서 위험하십니다."

다급한 순간에 그토록 진정된 이야기가 없었다. 무표정인 학부대신의 입에서 나오는 말을 천하를 통찰하는 예견이었다. 그러하기에 젊은 나이에 재상이 되어 있었다. 그의 이야기를 듣고 반란군이 무엇이 노리는 것인지 알게 됐다. 다시 걸음을 옮기려고 할 때 궁궐 안에서 총성이 크게 일어났다.

반군의 경계심이 잔뜩 높아졌다.

"비명소리인데…?"

"총성도 들려. 다시 교전이 일어난 건가…?"

"일본말이 들리는데 제대로 되고 있는게 맞아?"

병사들이 듣는 비명 소리와 총성을 1대대장인 이두황도 함께 듣고 있었다.

그는 가까운 장병 셋에게 지시를 내려, 대궐 안의 상태를 알아보려고 했다.

"안에 들어가서 확인하고 오라."

그때 그의 머리가 잔혹하게 부서졌다.

퍽!

"대…대대장님?!"

피와 뇌수를 뒤집어쓴 훈련대 중대장이 놀라 경악했다. 직후 그의 머리도 이두황과 똑같은 모습으로 바뀌게 됐다. '퍽!'소리와 함께 주위 장병들이 놀라서 자빠졌다.

'뭐야?!'

'대체 무슨 일인가?!'

골목에 숨어 있던 네 사람이 광화문에서 일어나는 기이한 일을 목격했다.

누군가 반군을 상대로 기습했다. 혼란 속에서 장병들은 엄폐해야 한다는 생각조차 하지 못했다.

그런 반란군을 상대로 어떤 무리가 나타나서 담과 석상을 엄폐물로 삼았다.

총알이 뚫을 수 없는 방호물 뒤에서 반군을 상대로 총으로 보이는 무기를 조준했고 싸울 준비를 마쳤다.

무리를 이끄는 자는 여인이었다. 누구보다 아름답고 당당한 여인이 그녀를 따르는 이들에게 명령을 내렸다. 그녀의 명을 따라 기이한 총성이 울려 퍼졌다.

"매국노들을 쓸어내라! 사격 개시!"

드드드득. 드드득.

"당소 2분대! 반군과 교전 중!"

머리에 쓰고 있는 헬멧의 무전기로 교전이 시작됐음을 알렸다.

'이주현'이라는 이름이 방탄복 속에 숨겨진 명찰에 새겨져 있었다. 호수보다 맑으나 매서운 눈동자로 적을 직시하면서 소총을 쐈다.

그녀와 그녀를 따르는 분대원들이 총격을 가하자 광화문을 지키던 훈련대 1대대 장병들이 우왕좌왕했다. 개방된 광화문 앞 광장에서 완전히 사선에 노출되었다.

“엄폐물을 찾아!”

“대체 어떤 놈들이야……?!”

“개틀링으로 우릴 쏘고 있어!”

“총성이 안 들려. 어떻게 된 거야?!”

총격을 가하는 무리가 누구인지 몰랐다.

그저 빗발처럼 날아드는 총알에, 다발 총열이 돌아가면서 발포되는 개틀링이 쏘는 것이라 생각했다. 그러나 총성이 들리지 않았고 그것조차 확신하지 못했다.

단시간에 쏟아지는 막강한 화력에 훈련대 1대대가 완전히 와해됐다.

그 모습을 박정양과 김홍집이 지켜보고 있었다.

‘이 무슨……!’

‘저들은 대체…!’

조선 최강의 부대였다. 그런 훈련대를 상대로 12명밖에 안 되는 이들이 학살하고 있었다.

2분대 기관총 사수가 배낭처럼 생긴 급탄기를 가동하고 헬멧에 달린 디스플레이로 적을 추적했다.

디스플레이에 환영처럼 떠오른 빨간 점이 눈동자를 따라서 움직였다. 그리고 따라 기관총의 총구도 돌아갔다.

사수는 적을 보고 버튼으로 된 방아쇠를 누르기만 하면 됐다.

표적을 추적하고 방아쇠를 당기자 중거리에서 빗나가지 않는 총알들이 발사됐다. 그리고 그 총알은 모두 철갑탄이었다.

'C—3 레일 기관총'에 도망치던 훈련대 병사들이 쓸려나갔다.

퍼퍼퍼퍽!

"크아악…!"

"저…저기다!"

"살려줘…!"

"아아악!"

광화문에서도 비명 소리가 울려 퍼졌다. 그리고 공중폭발탄도 발사되면서 폭음이 크게 일어났다. C—1 소총의 총열 아래에 장착된 유탄발사기로부터 발사됐다.

압도적인 화력으로 궁문을 지키던 역적들을 완전히 소탕했다.

이주현이 분대원들에게 탄약 상태를 확인하라고 말했다.

부족한 대원은 곧바로 탄창을 갈라고 말했다.

그리고 적이 오기를 기다렸다. 광화문 양편으로 뻗는 거리에서 여명을 뒤흔드는 군홧발 소리가 일어났다.

부분대장이 심장박동으로 탐지하는 생체 반응기를 보고 이주현에게 보고했다.

"적 지원군입니다! 약 300!"

나타난 적을 확인한 분대원이 보고했다.

"쪽발이들입니다! 반군과 함께 몰려오고 있습니다!"

3대대와 일본군 수비대가 광화문에서 구멍을 낸 1대대의 빈자리를 메우려고 했다. 그리고 이주현과 분대원들에게 반격을 가하려고 했다.

수비대를 이끄는 쿠스노세가 장병들에게 도망친 훈련대 장병들의 이야기를 무시하라고 말했다.

"조선인 중에 황국신민과 폐하의 군대를 이길 자는 아무도 없다! 조선군이 지껄인 헛소리에 절대 속지 말라! 이 전쟁은 우리가 승리한다!"

칼을 뽑고 일본군 장병들에게 크게 외쳤다.

"대일본제국 만세!"

"만세!"

"와아아아아~!"

이른바 '반자이 돌격'이었다. 적에 대해 아무것도 모르고 드높은 자존심과 고집으로만 목숨을 버리는 전술이 눈앞에서 펼쳐졌다.

그 모습을 보고 이주현이 식빵을 물었다.

즉시 분대원들에게 사격 준비 명령을 내렸다. 오만한 적에게는 가차 없는 응징만이 유일한 대답이었다.

"한놈도 살려두지 마라! 사격 개시!"

다시 비명소리가 하늘에 크게 울려 퍼졌다.

전장의 공포에 몸을 숨겼던 네 사람은 역사가 깨어지는 순간을 눈앞에서 목격하게 됐다.

훈련대와 일본군이 쏘는 총성이 섞여 한양 하늘이 어지럽혀졌다.

궐내에 남아 있던 훈련대 장병들이 움직였다. 담에 몸을 붙이고 움직이다가 모서리 너머로 머리를 내밀고 건청궁 주위를 살폈다.

문 입구에 훈련대 장병들이 널브러져 있는것을 봤고 동료들의 시신을 보고 다시 모서리 안으로 몸을 숨기면서 깊게 숨을 몰아쉬었다.

상관을 따라 반란을 일으켰다가 예상하지 못한 상황에 잔뜩 겁을 먹었다.

괜히 '따라서 죽겠구나'라는 생각이 들었다. 그리고 살아남기 위해서 다시 주위를 살폈다.

총성과 비명 소리에 귀를 틀어막고 어떻게 하면 대궐 밖으로 나갈 수 있을까 고민했다.

그때 발 앞으로 주먹만 한 돌멩이가 굴러왔다.

"뭐야 이건……."

"갑자기 어디서 이런 게……?"

쾅!

"흐아아악!"

푸푹! 푹!

"커헉…!"

폭발과 함께 먼지 크기만 한 구슬 파편을 맞고 쓰러졌다. 폭발한 수류탄으로부터 피해를 입은 장병들이 이내 총알을 맞고 숨지게 됐다.

그들을 죽인 자는 형태가 거의 없는 자였다. 공기가 미세하게 출렁이면서 그 아래로 발자국이 일어났다. 그리고 발자국의 방향은 건청궁으로 향해 있었다.

벽에 붙어 있던 훈련대 장병들이 거칠게 숨 쉬면서 지붕을 훑었다.

총성은 들리지 않았지만 벽과 마당이 총알을 맞고 깎여 나가는 것을 보고 자신들을 공격하는 이들이 어디에 있는지를 알았다.

우범선과 이주회가 식은땀을 흘렸다. 피바다가 된 마당과 위를 덮은 낭인들의 시체를 보면서 자신들도 그들과 같은 운명이 될까 크게 걱정했다.

벌벌 떨면서 지붕과 하늘을 잔뜩 경계했다.

그리고 발걸음 소리가 들렸다. 문에서 끼익하는 소리가 일어났고 거기에서 공기가 일렁이는 것을 봤다. 누구도 그것이 적이라 여기지 않았다.

드드드득. 드드득.

"커헉!"

드드드득.

"귀…귀신이다…! 아아아악!"

설마 사람이 아닐 줄은 전혀 예상하지 못했다.

벽에 붙어 있던 장병들이 순식간에 사살 당했고 우범선과 이주회는 그 자리에서 주저앉았다.

10명 남짓했던 훈련대 장병들이 모두 죽였다. 그렇게까지 되는 데에 3초조차 되지 않는 시간이 걸렸다.

곤녕합 주위 전각 위에서 보고 있던 성혁에게 무전이 들어왔다.

—1분대 분대장조, 클리어.

"수신. 내려가겠다. 부분대장조는 건청군 주위를 경계하라.

—수신. 경계 대기.

"분대장은 명성황후의 신병을 확보하라."

명령을 내리고 전각 위에서 땅으로 성혁이 내려갔다.

종현이 머리를 감싼 스텔스 망토를 걷었다. 그러자 우범선과 이주회가 기겁을 하면서 넘어지고 자지러졌다. 종현이 함께 망토를 뒤로 넘긴 대원들에게 명했다.

"현진이와 윤성이는 명성황후를 찾아서 모셔 와라. 건청궁 안에 있을 거다."

"예. 분대장님."

소총을 든 김현진과 여대원이 걸음을 옮겼다. 두 사람은 명성황후를 놀라게 하지 않기 위해 몸을 가린 스텔스 망토의 은폐 모드를 해제했다. 그 모습을 보고 우범선과 이주회가 눈동자를 떨었다.

그러다가 곤녕합 아래에 있던 서양인을 보게 됐고 종현과 대원들의 시선도 그리 향하게 됐다. 종현이 곤녕합 아래에 숨어 있던 자에게 나오라고 말했다.

"사바틴입니까? 위협하지 않으니 이만 나오십시오."

"……?!"

"우리는 전하를 지키는 군대입니다."

"……."

숨어 있는 자를 종현이 알고 있었다. 을미사변에 관해 공부 한 결과, 명성황후 시해를 직접 목격한 자가 있다는 것을 알았다.

그가 바로 '아파나시 이바노비치 세레딘사바틴'이었다. 종현이 왕의 군대에 속한 자라는 이야기를 듣고 긴장된 움직임으로 곤녕합 아래에서 기어 나왔다.

잔뜩 굳은 사바틴의 얼굴을 보며 종현이 다시 안심시켰다.

"여기서 잠시 기다리십시오. 그렇게만 해주면 해를 입히지 않겠습니다."

조선말을 알고 있었다. 그리고 종현이 하는 말이 존대하는 말투라는 것을 알고 있었다. 때문에 비참한 죽음은 당하지 않을 것이라고 생각하게 됐다.

잠시 후, 성혁이 건청궁으로 들어와서 곤녕합 앞에 섰다. 마당을 지키는 대원들과 뒤로 자빠져 있는 우범선과 이주회를 봤다.

그 중 이주회는 투명인간처럼 보이는 종현과 승현이 머리만 내놓고 둥둥 떠다니는 것을 보고 몹시 두려워해 실금하며 바지를 적시고 있었다.

입꼬리를 올리면서 주위를 돌아보고 서양인이 있는것을 성혁이 발견했다.

"사바틴인가?"

"예. 소대장님."

"이 자가 명성황후 시해 사건의 목격자다. 그리고 우릴 목격한 자이기도 하지. 혹, 사진기 같은 것을 소지해 있던가?"

"없었습니다."

"그러면 상관이 없겠군."

러시아 건축가로 10여 년 전에 조선에 들어와 이희와 조정을 돕는 자였다. 그가 긴장한 눈빛으로 두 사람을 번갈아 쳐다보자 성혁은 사바틴에게 비밀을 지켜달라고 부탁했다.

그가 대원들의 전투과정을 지켜봤다.

"우리는 조선 사람입니다. 따라서 이 일을 일으킨 일본이 적이지 러시아는 아닙니다. 아시겠습니까?"

"예, 예……!"

"오늘 본 일은 모두 비밀이 되어야 합니다."

이야기에 많은 의미가 함축되어 있었다. 사바틴은 성혁이 자신에게 경고의 메시지를 줬다고 생각했다.

비밀을 지키지 않으면 그에게 죽임을 당할 것이라는 생각이 들었다.

그렇게 위협 아닌 위협을 하고 성혁이 종현에게 물었다.

"명성황후를 데리러 누가 갔나?"

"현진이와 윤성이가 갔습니다."

"윤성이라면 명성황후가 그나마 안심하겠군. 같은 여자니 말야."

"예. 그리고 건청궁은 이 정도면 정리된 것 같습니다."

"아니, 아직 한곳이 남았지."

장안당으로 시선이 향했다.

그 안에 조선의 모든것이라 할 수 있는 존재들이 있었다.

종현에게 밖을 지키라고 명하고 성혁이 승현과 함께 스텔스 망토를 뒤집어썼다.

아지랑이 속으로 두 사람이 사라지자 우범선과 이주회는 자신들이 보고 있는 존재가 귀신이 아니라는 것을 알게 됐다.

마치 요술이 일어나고 있다고 생각했다.

그렇게 장안당으로 두 사람이 천천히 들어갔다.

이희를 인질로 삼은 낭인들이 칼을 뽑은 채로 긴장하고 있었다. 그들은 밖에서 일어나는 일들을 소리로 듣고 대비하고 있었다.

발걸음 소리를 듣고 숨을 죽였다.

'온다……!'

삐걱이는 소리가 그토록 소름 돋을 수가 없었다. 침전 밖의 문이 열리고 다시 안쪽의 문이 열리는 소리가 났다. 이희는 낭인들의 위협 속에서도 자신을 구해줄 자가 나타나기를 기다렸다.

그리고 마지막 문이 열렸다. 문이 열렸을 때 낭인들은 즉각 검을 휘두를 준비를 했다.

그러나 아무도 없었다.

'뭐야?!'

'아무도 없……'

순간 콩껍질이 터지는 소리가 일어났다.

드드득. 드득.

"컥……!"

"……?!"

이희가 놀라서 뒤로 움찔했다. 왜도를 들었던 낭인들이 등까지 뭔가에 뚫리면서 무릎을 꿇고 쓰러지게 됐다.

그리고 그들의 머리에서 피가 터지고 뇌 파편들이 흩어

졌다.

마치 총알에 맞은 것같이 사살 당했다. 그리고 앞에서 일렁이는 아지랑이를 봤다.

"누…누구냐…?! 귀신인가?!"

두려워하면서 이희가 물었다. 그리고 나타나는 머리들을 보면서 숨이 멎을 뻔했다. 몸까지 나타나고 나서야 그것들이 사람인 줄로 알았다.

스텔스 망토를 벗은 성혁이 승현에게 지시를 내렸다.

"문 앞에서 경계해."

"예. 소대장님."

피로 얼룩진 이희의 침소에서 승현이 밖으로 나가 경계를 벌이기 시작했다.

이희를 보필해야 할 관리들과 궁녀는 낭인들에 의해 어딘가로 끌려간 듯했다.

성혁이 이희에게 허리를 굽히며 인사했다.

"유성혁입니다. 조선 주상 전하께 인사드립니다."

"조선말…? 조선인인가?"

"그렇다 여기셔도 됩니다."

"혹, 군인인가?"

"예. 전하."

"어느 부대에 소속되어 있는가? 과인은 그대 같은 장교와 병사를 본 적이 없다."

"말씀드리자면 복잡합니다. 일단 밖으로 나오시는 것이 안전하실 것 같습니다. 보는 눈이 많아야 합니다."

밖으로 나와야 한다는 성혁의 말에 이희가 움찔했다.

그러나 그가 투명인간 상태에서 침전을 침범한 외적들을 소탕하고 자신을 구한 사실을 직시했다.

그가 적이라고 여겨지지 않았다.

그를 따라 침전 밖으로 나가기로 했다. 몸을 일으키면서 한 사람이 머릿속에서 떠올랐다.

"중전! 중전은 어찌 되었느냐?"

성혁이 대답했다.

"무사하십니다."

그 말을 듣고 이희가 가슴을 쓸어내렸다. 절대 거짓말일 것이라고 생각하지 않았다.

성혁을 따라 침전에서 나왔고 다른 방에서 갇혀 있었던 관리와 궁녀들이 풀려서 나오는 것을 봤다. 오열하면서 달려와 무릎을 꿇고 용서를 빌었다.

"전하…! 신들이 죽을죄를 지었습니다!"

"옥체 무탈하셔서 다행입니다…! 정말 다행입니다. 전하!"

"흐흐흑… 흐흑!"

이희가 무릎을 꿇은 관리와 궁녀들의 등을 어루만졌다. 그들의 눈물에 이희가 눈물을 쏟을 뻔했다. 그러나 울지 않고 차분한 모습을 보이려 했다.

신을 신고 마당으로 내려왔을 때 곤녕합과 건청궁 담장 앞에 널브러져 있는 외적의 시신을 보게 됐다.

그들을 도운 역적의 시신도 널브러져 있었다.

이가 갈리면서 분노가 일어났다.

마음 같아서는 부관참시라도 하고픈 심정이었다. 그때 그의 분노를 가라앉히는 여인의 목소리가 울려 퍼졌다.

"전하!"

뒤뜰로 향하는 길에서 민자영이 궁녀들과 함께 모습을 드러냈다. 이희의 고개가 돌아가고 입에 다행이라는 미소가 크게 피어올랐다.

"중전!"

"전하! 무사하셨습니다. 아아!"

"중전이야 말로 무사해서 다행이오! 이럴 수가…! 흐흐흑…! 흐흑."

사람이 위기에 처하면 최악의 상황을 상상하기 마련이었다.

낭인들의 칼이 눈앞에서 번뜩였을 때, 중전을 찾던 역적 무리들과 왜적들에게 민자영이 죽는것을 이희가 상상했다.

때문에 그녀가 살아 있는 것이 감사한 일이었다.

기적 같은 일에 민자영의 손을 잡고 눈물을 흘렸다.

그 모습을 사바틴과 성혁을 비롯한 대원들이 지켜보고 있었다.

민자영을 호위했던 두대원이 성혁과 종현의 곁으로 다가왔다.

이희가 민자영의 손을 어루만지면서 연신 다행이라고 말했다.

"다행이오. 참으로 다행이오……."

"전하……."

"크흐흑… 흐흑……."

왕의 눈물을 보고 궁녀들이 고개를 돌려서 따라 눈물을 흘렸다. 그리고 그 감정은 한동안 유지되면서 쉽게 그치질 못했다.

어느 정도 시간이 지나서야 정리될 수 있었다. 그리고 그제야 보이지 않았던 사람들을 볼 수 있었다. 민자영과 함께 나타난 이경직이 이희에게 인사했다.

"전하……."

그를 보고 이희가 놀라고 미안한 마음을 드러냈다. 중전이 위기에 빠졌을 때 창문을 통해서 들려왔던 그의 목소리를 기억했다.

"참으로 미안하네."

"아닙니다… 전하."

"이 모든 것이 과인의 부덕함이야… 경에게 참으로 미안하네. 그리고 무사해서 다행일세."

"전하……."

"흐흐흑… 흐흑……."

자신을 걱정했던 이희의 모습에 이경직이 감동하여 눈물을 흘렸다. 역사가 깨지고 미래가 바뀌는 순간은 성혁과 대원들이 지켜보고 있었다.

성혁의 이어폰으로 다른 분대의 보고가 들어왔다.

—소대장님. 2분대입니다.

"말해."

—현재, 훈련대 2개 대대가 궤멸되고 일본군 1개 대대가 무력화됐습니다. 광화문을 중심으로 경계 중입니다.

"붙잡힌 시위대와 다이 대장은?"

—풀어줬습니다. 그리고 다이 대장과 시위대가 구금된 흥선대원군을 구했을 겁니다. 곧 그리로 향할 겁니다.

"알겠다."

—서문 방향으로 향할 겁니다.

이주현이 포로가 된 시위대와 그들의 지휘관을 풀어줬다는 보고를 전했다. 그들이 흥선대원군을 구하고 건청궁으로 갈 것이라는 이야기를 전했다.

잠시 후 발걸음 소리가 서문 쪽에서 들리기 시작했다. 성혁이 정운에게 저격하면 안 된다는 지시를 미리 내렸기에 오인 사격과 같은 불상사는 일어나지 않았다.

문이 열리자 시위대 병사와 함께 노인 한 사람이 안으로 들어왔다.

무표정의 흥선대원군을 보고 이희와 민자영이 크게 놀랐다. 흥선대원군이 궁궐 안에 있다는 사실을 처음 알았다. 성혁이 어떻게 된 일인지 간략하게 알려줬다.

"일본이 대원위 대감께 이 일을 뒤집어씌우려고 했습니다. 마치 대원위 대감의 명으로 훈련대가 반란을 일으킨 것처럼 말입니다. 그것이 진짜인 것처럼 만들기 위해 병장에 계셨던 대감을 강제로 끌고 와서 건녕전에 감금시켰습니다. 자세한 것은 군부협판이 알 것입니다."

"이주회가 말인가?"

"예. 전하. 저자가 오카모토와 함께 대원위 대감을 감금시켰습니다."

대원들의 총구가 두 사람에게 향해 있었다. 그중 한 사람인 이주회는 성혁이 하는 이야기에 움찔하면서 거의 울 것 같은 표정을 지었다. 사람이 급하면 아니라고 거짓말하기 나름인데 그런 거짓말조차 못할 정도로 궁지에 몰려 있었다.

이희의 화살 같은 시선이 이주회에게 향했다.

"군부협판 네 놈이… 감히……!"

"전하… 그… 그게……!"

"어명을 내리겠다! 저 죄인을 당장 죽여라!"

이희가 성혁에게 어명을 내렸다. 그 말을 듣고 성혁이 고개를 가로저었다.

“안 됩니다. 전하.”

“어째서?!”

“군부협판이 있어야 일본의 범죄를 증명할 수 있습니다. 그리고 사바틴, 다이 대장의 증언도 필요합니다. 일본이 빠져나갈 구멍을 막아야 합니다.”

지극히 논리적이었고 뒤를 볼 줄 아는 이야기였다. 그 이야기를 듣고 이희가 진정했다. 그때 성혁의 이어폰으로 또 다른 분대의 보고가 전해졌다.

이번에는 3분대였다.

—소대, 소대, 당소 3분대.

“소대장이다. 보고하라.

현재 일본 공사관 제압. 범죄인들을 사로잡았습니다.

“알겠다. 특이사항이 있으면 바로 보고하라.”

—수신.

혼잣말하는 성혁을 이희와 민자영 등이 이상하게 여겼다. 그리고 성혁이 두 사람과 이하응에게 일본 공사관이 제압된 사실을 알렸다.

“이 일의 주범인 미우라 공사를 생포했습니다.”

알림을 듣고 이희가 물었다.

“그대들은 대체 누구인가? 누구이기에 이리 완벽하게

왜적들을 소탕할 수 있단 말인가? 대체 누구인가?"

그 물음에 성혁은 바로 대답하지 않았다. 그저 나중에 모든것을 알려주겠다는 말만을 했다. 그렇게 아침 해가 떠오르기를 기다렸다.

조선에서 늙은 여우가 죽임을 당했다는 소식이 전해지기를 기다렸다.

성공을 확신하며 이토가 아침을 맞이했다. 침대에서 일어나 얼굴을 씻고 하녀들이 입혀주는 옷을 입었다. 그리고 서양인들과 같은 외모로 단정하게 하고는 집무실로 향해 나랏일을 보기 시작했다.

커피 한잔을 마시면서 일에 집중하려고 할 때 이노우에가 찾아왔다.

"총리대신. 이노우에 공입니다."

"들어오시라 전하게."

"예."

집무실의 문이 열리고 얼굴을 잔뜩 굳힌 이노우에가 들어왔다. 아침보다 상쾌한 보고를 받으려던 이토 히로부미는 그의 얼굴을 보고 심상치 않은 예감을 느꼈다. 혹시나 하는 마음으로 이노우에에게 물었다.

"혹, 무슨 문제가 생겼소? 어찌 그런 표정을 짓고 있는게요?"

이노우에가 이토에게 새벽에 있었던 일을 알렸다.

"거사에 실패했소. 늙은 여우가 죽지 않고 우리 수비대가 궤멸됐소. 놈들이 우리의 계획을 입증할 증인과 증거를 가지고 있다고 하오."

들고 있던 커피 잔이 바닥으로 떨어졌다.

예상치 못한 일들이 일어나 일본의 영광된 미래에 먹구름이 끼기 시작했다.

이토의 숨소리가 거칠어졌다.

"대체 어찌 된 것인지 말해 보시오!"

그의 고함이 태정관에서 크게 울려 퍼졌다.

일본공사관 주위를 시위대 장병들이 포위했다. 그리고 그들은 철통같이 봉쇄하면서 공사관 주위에 널브러진 일본군 수비대 군병들의 시신을 치웠다.

공사관 2층 방에서 창을 통해 미우라가 내려다보고 있었다.

"조선인 놈들……."

비하의 의미를 가득 담아서 말했다.

그와 스기무라를 비롯한 공관원들이 한방에 갇혀 있었고 살아남은 군인들은 하나같이 공사관 밖에서 포박됐다.

마치 전쟁에서 패한 포로 같았다.

러시아를 끌어들이는 민자영을 죽이고 조선에 일본의 영향력을 넓혀 종국에는 집어삼킬 것이라는 기대를 가졌다.

그 길이 마치 지워진 것 같은 느낌을 받았다.

어디서부터 꼬였는지 생각했고 새벽에 기습을 벌인 조선군을 기억했다. 그들은 서양의 어떤 군인들보다 강했다.

"대체 어떤 놈들이란 말인가……."

총성 없는 총격으로 수비군이 쓰러지는 것을 기억했다.

예상치 못한 변수가 폭풍이 되어서 몰아치고 있었다.

일장기가 세찬 바람에 찢어지고 있었다.

신조선 전기

강림하다

—침로 변경합니다. 3—4—5 침로 변경. 속도를 줄이겠습니다. 현재 속도 134… 130… 스텔스 모드로 설정하겠습니다.

하늘에서 커다란 별똥별이 떨어졌다. 천사가 지상으로 떨어지듯 환웅함이 대기를 태우며 지상으로 내려왔다. 밤하늘과 같은 색으로 위장하고 천천히 숲 사이의 초지 위로 내려앉았다.

무사히 착륙한 환웅함에서 사람들이 중력을 느끼며 현기증을 느꼈다. 미리 중력실에서 몸을 풀었던 사람들이 좌석에 앉아 있던 사람들을 보살피기 시작했다. 그중 두 사람이 김신과 지연이었다. 두 사람은 간호과장과 함께 중력에 몸을 가누지 못하는 사람들을 살폈다. 화물칸 좌석에 앉은 사람들의 혈압을 재고 현기증이 심하면 함 내부의 병실로 이송했다. 그리고 두 사람과 마찬가지로 성한이 온전히 화물칸을 걸어 다녔다. 그는 부장인 장성호와 함께 밖으로 나갈 준비를 했다.

함장인 김인석이 권총 한 정을 인계했다.

"이 총으로 호신해. 유 중위가 지켜준다 해도 말야. 유 과장을 잘 지켜줘."

"예. 함장님."

9mm 전자기탄을 발사하는 'C—4 레일 권총'을 장성호가 받았다. 권총의 손잡이에 달린 배터리의 전력과 탄창에 꽂힌 무탄피 실탄의 양을 확인한 장성호는 안전장치를 걸었다.

허리춤의 총집에 권총을 꽂으면서 최소한의 무장을 취했다. 그리고 환웅함을 나가기 위해서 선저에 위치한 출입구로 향했다.

나가기 전에 성한이 지연에게 인사했다.

"다녀올게."

"……."

"조심히 다녀오라는 말은 안 하는 거야?"

지연이 묵묵부답하며 다소 불편한 표정을 지었다. 헤어

진 연인의 작별 인사에 마음이 복잡해졌다. 그녀가 침묵하자 성한이 인사를 요구했고 결국 지연은 마지못해 인사했다.

"조심히 다녀와."

"그래."

그 말을 듣고 나서야 성한이 발걸음을 옮겼다. 성한의 뒷모습을 보고 지연이 한숨을 쉬었다.

장성호와 함께 성한이 한양으로 향하는 셔틀선에 몸을 실었다.

사원인 이정욱이 성한을 수행하면서 함께 공중으로 떠올랐다.

어둠 속에서 수풀로 위장작업이 이뤄지는 환웅함을 내려다봤다. 정욱이 성한에게 걱정을 드러냈다.

"들키지 않을까요?"

"환웅함이 말야?"

"예. 한양에서 가깝잖아요. 그리고 강화도 하고도 가까워요."

이정욱의 이야기를 듣고 장성호가 대신 알려줬다.

"멀면 그만큼 오가는데 시간이 걸립니다. 연료 문제도 걸려 있고 말입니다. 그렇다고 사람 눈에 띄는 육지에 착륙시킬 수 없으니 무인도와 다를 바 없는 말도에 착륙한 겁니다. 제가 볼 때는 말도만큼 안전한 곳이 없습니다."

성한이 장성호에 이어서 이야기했다.

"미리 동생인 소대장에게 말도에 사람들이 오지 못하도록 해달라고 말했어. 고종이 말도 입도를 불허한다고 관아에 어명을 내렸다 하니까, 일부러 어명을 어기면서 말도에 오는 사람은 없을 거야. 만약 사람들이 온다면 해안가에 설치된 감시 카메라로 감시하다가 막으면 돼. 어명을 지키라고 돌려보내면 되지. 조선 사람이 아니면 쥐도 새도 모르게 처리할 수도 있어. 그런 점에서 말도가 제일 안전해."

"만약 관리가 오면 어떻게 해요?"

"명령서를 받고 쫓아내야지. 지금 그게 없으니 고종 황제에게 받으러 가는 거야. 그러니 빨리 해결해야 돼."

시급한 일이 한두가지가 아니었다. 환웅함의 존재를 세상에 숨기는 일도, 지상에 기반을 마련하는 일도 한양에 가야만 할 수 있는 일이었다.

경복궁 북쪽 북악산에 셔틀선이 은밀히 착륙하면서 세 사람이 조용히 내려왔다.

낙엽을 밟으며 산을 헤치다가 산길에 접어들었다. 그리고 약속된 목표지에 도착하자 미리 나와서 대기하고 있던 대원들을 만났다.

이주현이 대원들과 함께 세 사람을 맞이했다. 장성호에게 경례하고 성한에게 인사했다.

"2분대장 이주현 하사입니다."

자기소개를 받으며 성한이 응답했다.

"유성한 과장입니다. 이렇게 만나니 참으로 반갑군요. 경복궁까지 잘 부탁드리겠습니다."

"저야말로 잘 부탁드리겠습니다."

정중한 사람이었다. 이주현이 느낀 성한의 첫인상이었다. 나이 30세인 성한에 비해서 이주현은 22살로 8살이나 어렸다. 무엇보다 그녀의 상관인 유성혁은 성한의 친형제, 친동생이었다.

그녀를 따라 성한을 비롯한 세 사람이 걸었다. 그리고 2분대원들이 사주경계하며 함께 발걸음을 옮겼다.

북악산에서 내려온 뒤 시위대가 지키는 춘생문으로 향했다. 거기서 이희가 직접 만들어준 통행증을 이주현이 제시하면서 성한과 함께 안으로 들어갔다.

그녀와 소대원들을 보고 시위대 장병들이 이야기했다.

"여자 맞지?"

"분명히 여자였어."

"천군은 정말 이상한 부대구나. 복장도 이상하고 여자가 병력을 이끌기도 하고 말야. 저 여자가 광화문에서 왜적들을 소탕했다는 게 믿어지지 않아."

여인은 힘없는 존재였고 아둔한 존재였다. 그것이 19세기 말의 조선인이 가진 대체적인 인식이었다.

이희와 민자영을 구하고 왜적과 역적을 소탕한 것이 천군이라는 소문이 파다하게 퍼져 있었다. 그들이 어디에서 갑자기 나타났는지는 알려지지 않았다. 그러나 이희의 어명을 따르는 특수부대라는 것이 사람들의 입을 통해서 한양 일대에 퍼져 있었다.

그리고 안에 여군이 있다는 사실이 알려졌다.

이주현이 지날 때마다 궁궐 관리들과 궁녀들이 쳐다봤다.

'자꾸 쳐다보네. 신경 거슬리게……'

이주현은 사람들의 시선이 불편했다. 그럼에도 그녀는 임무를 충실히 하는 것에 소홀하지 않았다.

온전히 성한과 장성호를 이희의 집무실이 있는 집옥재로 호송했다. 집옥재 앞을 성혁이 지키고 있었다. 그는 성한을 보고 크게 반가워했다. 이내 장성호를 보고 손날을 방탄 헬멧 앞에 붙였다.

"필승."

장성호가 성한의 경례를 받았다.

성한이 성혁의 몸을 살피기 시작했다.

"형. 왜 이래?"

"다치지 않았는지 보는 거야."

"안 다쳤어. 사상자 없다고 보고했잖아. 사상에 부상도 포함되어 있어."

사람들 앞에서 자신을 챙기는 형의 모습에 성혁이 창피해했다. 무엇보다 이주현과 같은 부하들 앞이었다. 그리고 주현과 대원들은 어쩔 줄 모르는 소대장을 보면서 피식거렸다.

몸을 다 살핀 성한이 안도의 한숨을 쉬었다.

"다행이구나. 이길 줄은 알고 있었지만 사실 걱정을 많이 했어."

"보고 했다니까."

"직접 봐야 근심이 덜하지. 어찌되었건 수고했어."

동생의 어깨를 두드리고 2분대장에게도 고생했다는 말을 전했다.

장성호가 성혁에게 물었다.

"고종 황제는 어디에 있습니까?"

"안에 계십니다. 오른쪽 협길당입니다."

"엿듣는 사람이 없도록 경계를 철저히 해주십시오."

"알겠습니다. 부장님."

중요한 이야기를 나눠야 했다. 집옥재에 이희를 포함한 사건당사자들이 모여 있었다. 그들 외에 관리와 궁녀를 비롯한 모든 사람은 밖으로 나와 있어야 했다.

우종혁이 지휘하는 1분대가 집옥재 사방 모서리들을 경계했다. 그리고 성혁이 집옥재 마당을 지키면서 건청궁 일대를 함께 감시하기 시작했다.

신을 벗고 집옥재로 들어간 세 사람이 성혁이 알려준 오른쪽 협길당으로 향했다. 그리고 문을 열고 안으로 들어갔다.

협길당에 이희가 민자영과 이하응과 함께 기다리고 있었다.

이희가 세 사람을 쳐다보고 복식을 살폈다. 하나 같이 서양인들이 입을 법한 옷을 입고 있었다. 그래서인지 자신을 구해준 군사들이 가진 무기가 서양의 신무기라고 여기게 됐다.

이희가 편안한 미소로 세 사람에게 물었다.

"누가 수장인가?"

장성호가 대답했다.

"이 사람입니다."

"그자가 총지휘관인가?"

"아닙니다."

"허면?"

"전하를 구해드린 군대를 말씀하시는 것이라면 밖의 유성혁 중위가 총지휘관입니다. 이 사람은 군대와 관련이 없는 사람입니다. 문관과 무관으로 나누셨을 때 문관의 수장이라 여기시면 될 것 같습니다."

나름 격식을 갖추려 했지만 부족했다. 그러나 이희는 그러한 무례와 격식의 부족함을 관대하게 받아주었다.

자신을 구해준 성혁의 이야기를 듣고 성한이 어떤 사람인지 알았다. 때문에 장성호에게 궁금한 것이 생겼다.

"그대는 누구인가?"

장성호가 자신을 소개했다.

"설명해드리기가 어려운 배가 있습니다. 그 배의 부장입니다. 부선장, 부함장 정도로 생각하시면 될 것 같습니다."

"배라… 그 배는 어느 나라 배인가?"

"나중에 말씀드리겠습니다."

"알겠다. 일단, 나름 고위직인 것으로 이해하겠다. 허면 저자는 누구인가?"

"이 사람을 돕는 자입니다. 이름은 이정욱이라고 합니다."

장성호의 소개를 듣고 이희의 시선이 젊은 청년에게 향했다. 머리는 짧았고 코와 턱에는 한가닥의 수염조차 없었다.

정욱이 허리를 굽히며 이희에게 '안녕하십니까.'라고 인사했다. 이하응은 천하고 어린자의 인사를 본 것 같아 다소 불편했다. 헛기침을 하고 매서운 눈매를 보였다. 그 눈빛에 정욱이 움찔했다.

이희가 성한을 보면서 이름을 물었다.

"이름이 어찌되는가?"

"유성한입니다."

"유성한?"

"아, 유씨 성에 이룰 성, 나라 한을 써서 유성한입니다. 직책은 과장입니다."

"과장? 그럼 과에 속한 이들을 이끄는 자인가?"

"예. 전하. 일단은 그렇습니다."

"어떤 과인가?"

"관리과입니다. 그리고 이걸 지금 말씀드려도 모르실 거라 생각합니다. 차후에 알려드리겠습니다."

마치 무시하는 것 같았다. 알 수 없는 자들이었다. 질문을 하고 대답을 들을수록 오리무중에 빠졌다.

앞의 세 사람이 오기 전 성혁은 이희에게 모든 궁금증을 풀어줄 수 있는 사람들이 올 것이라고 했다. 그런데 궁금증이 풀리기는커녕 오히려 가중되었다.

이희는 인상을 쓰며 성한과 두 사람을 번갈아 노려봤다.

성한이 이희, 민자영, 이하응의 외모를 살폈다. 경복궁에 오기 전 컴퓨터로 역사 공부를 했을 때의 외모. 그대로였다. 특히, 사진조차 귀한 민자영을 직접 보는 일은 신기한 일이었다.

'눈이 길게 찢어진 외모가 정말로 여우와 닮았구나. 놈들이 어째서 여우 사냥이라고 했는지 알겠어…….'

유순한 외모였다. 그러나 찢어진 눈매 때문에 매섭게 보였고 속을 알 수 없는 느낌마저도 들었다. 그가 세 사람의 외모를 살필 때 이희도 성한의 외모를 살폈다. 장성호와 이정욱을 보고 공통점을 찾았다.

"키가 크군."

"예… 그런 것 같습니다."

"과인이 본 서양인들보다도 커. 혹, 조선 사람인가?"

"……."

"조선 사람이 아니어도 된다. 솔직히 답하라."

이희의 물음에 성한이 장성호와 눈빛을 주고받고 피식 웃었다. 왕은 왕이라는 생각이 들었다. 이내 여유 있는 말투로 솔직한 대답을 들려줬다.

"조선인입니다. 하지만 자세한 것을 말씀드리려면 하루 가지고는 절대 불가능합니다. 최소 일주일 정도는 필요합니다. 때문에 이 일은 조금 미루고 당장 해야 하는 일들을 말씀드리려고 합니다."

"어떤 일을 말인가?"

"죄인들의 증거를 확인해야 됩니다. 그리고 마침 증거를 확보한 상태입니다. 그것을 전하께 보여드리려고 합니다."

증거를 확보했다는 말에 신경이 집중됐다. 차분히 대화를 지켜보던 민자영과 이하응도 움찔할 정도로 성한의 이야기는 몹시 흥분되는 이야기였다.

증거가 확실하다면 일본을 상대로 외교 공세를 벌일 수 있었다.

성한이 정욱이에게 들고 온 물건을 꺼내라고 말했다. 그러자 정욱이 등에 메고 있는 가방에서 하얀 천을 꺼내 문 입구 위에 걸고 검은 천을 꺼내서 창문을 가렸다. 그리고 빔프로젝터를 꺼내 영사 조준점을 하얀 천에 맞췄다.

그 기기가 어디에서 난 것인지 이희는 알 수 없었다. 그리고 어떤 식으로 증거를 보여줄 것인지 전혀 몰랐다.

잠시 후 정욱이 손바닥만 한 스마트폰을 꺼냈다. 삼단으로 접힌 폰의 디스플레이를 펼쳐서 저장해 둔 영상을 재생시켰다. 그러자 무선신호를 받은 프로젝터가 빛을 뿌리면서 영상을 보여주었다.

그 안에 미우라와 이노우에의 범죄 계획 장면이 담겨 있었다.

"이것은……?!"

"이걸 어떻게……?!"

이희와 민자영이 동시에 놀라면서 성한에게 물었다. 성한은 계속해서 영상을 봐 달라는 이야기를 했다. 두 사람은 숨죽인 상태로 이하응과 함께 일본이 저지르는 범죄 현장을 확인하게 됐다.

왜도를 든 낭인이 민자영을 베려고 했다. 그 앞을 이경직이 달려들어서 막았고 민자영에게 향하던 칼날은 그로 향하다가 낭인의 머리가 날아가면서 칼날이 땅에 떨어졌다. 이어서 뒤에 있던 두명의 낭인의 머리가 날아가고 가슴에 구멍이 나서 쓰러졌다.

마치 자신의 기억을 보여주는 것과 같은 착각을 민자영이 받았다. 그만큼 눈앞에 펼쳐지고 있는 것은 명백한 증거이자 부정할 수 없는 증언. 그 자체였다.

이하응이 떨리는 목소리로 성한에게 물었다.

“이게 무슨 조화인가… 설마 새로운 사진 촬영기로 찍은 것인가?”

“사진은 아닙니다.”

“그럼?”

“동영상이라는 것입니다.”

“동영상?”

“사진을 1초에 수십 장을 찍어서 넘기면 마치 움직이는 것처럼 보이게 됩니다. 그것을 동영상이라 부릅니다. 증거로 남기기에는 이것보다 좋은 수단이 없습니다. 그리고 이 동영상 외에 다른 증거도 있습니다.”

“어떤 증거를 말인가?”

“일본 공사관에서 확보한 지령문입니다. 미우라 공사의 서명과 도장이 날인되어 있습니다.”

지령문이 있다는 이야기를 듣고서 이하응은 더 흥분했다.

이희가 성한에게 되물었다.

"정말 지령문이 있는가?"

"예. 전하."

"보여주게."

이희의 요청에 성한이 정욱을 봤다. 정욱이 메고 온 배낭 안에 일본 공사관이 받은 지령문이 있었다. 그것을 성한이 받아 이희에게 넘겨줬다.

이희가 문서의 내용을 하고 눈을 크게 키웠다.

"이것은…?!"

민자영과 이하응도 이희에게 지령문을 받아 돌려봤다.

일본 정부의 문서를 뜻하는 도장이 찍혀 있었고 미우라 공사를 알리는 서명과 공사관 도장이 함께 찍혀 있었다. 문서 윗면에 '대외비'라는 한자가 쓰여 있었다. 그리고 안에 쓰여 있는 한자를 통해서 그 내용이 무엇을 뜻하는지 알 수 있었다.

여우, 사냥, 조선, 중전, 훈련대, 흥선대원군 등의 단어가 쓰여 있었다.

이하응이 손에 쥔 지령문을 구길 뻔했다.

"쳐 죽일 놈들…! 감히 날 이용해서 이런 만행을 준비하다니……!"

크게 분노하면서 일본의 흉계를 모두 파악했다. 지령문을 넘겨받은 이희 또한 크게 분노했고 그것을 받은 민자영은 미간을 잔뜩 좁히면서 자신을 죽이려던 계획의 실체를 알게 됐다.

이희가 성한에게 일본이 자신의 왕후를 죽이려 한 이유를 물었다.

"어째서 이놈들이 중전을 해하려고 한 것인가?"

이희의 물음에 성한이 대답했다.

"그동안 오랫동안 일본이 청나라에 맞섰던 것을 아실 겁니다. 그런 청나라를 불러들이신 분이 중전마마시고요. 작년에 청나라가 일본에게 패하면서 청나라 땅들을 일본이 가져갔는데 아라사가 주도하여 그 땅들을 토해내게 만든 줄로 압니다. 그리고 중전마마께서……."

"아라사와 친해졌기 때문인가?"

"정확히는 아라사로 하여금 일본을 견제하시려 했기 때문입니다. 그것을 일본 입장에서는 멸망의 시발점이라 본 것입니다. 청나라를 상대로 승산이 있다 생각했지만 아라사는 아니기 때문입니다. 중전마마를 해하고 친일개화 인사들에게 힘을 실어주기 위한 목적도 있습니다."

"그런 이유 때문에……."

"이번 한번으로 끝나지 않을 겁니다. 일본은 서양으로부터 살아남고 맞서기 위해 조선을 식민지로 삼아야 한다는 결론을 내린지 오래입니다. 일본이 세운 목표대로 역사가 흘러가고 있습니다."

"……?!"

처음 듣는 이야기였다.

일본이 조선에 대해 만행을 벌이고 있었지만 식민지로 삼을 것이라고는 생각조차 하지 못했다.

그러나 민자영을 죽이려 했던 일을 겪고, 성한과 이야기하면서 그 가능성이 확실히 인지하기 시작했다.

이희가 이를 질끈 물었다. 한동안 일본에 대해 생각하다가 성한을 보고 궁금한 점이 일어났다. 그가 성한에게 물었다.

"어떻게 그런 것들을 알고 있는가? 자네들은 대체 누구인가?"

미소와 함께 성한이 대답했다.

"미래에서 왔습니다. 그러하기에 모든 것을 알고 있습니다. 앞으로 이 나라가 어떻게 되는지도 알고 있습니다."

"……?!"

다시 이희와 민자영이 놀랐다. 이하응이 움찔하면서 떨리는 눈동자로 성한과 나머지 두 사람을 차례대로 봤다.

영상을 비췄던 빔프로젝터를 봤고 정욱이 손에 들고 있는 스마트폰을 봤다. 그리고 그 기물들을 성한이 말해 준 대답과 연계시켰다.

단서는 확실했고 이성과 편견이 크게 충돌했다.
미래인이 온다는 것을 상상해본 적이 없었다.
"감히 과인을 능멸하다니……!"
이희가 현실을 부정했다. 그러나 성한이 웃으면서 다시 말했다.
"그렇게 말씀하시기엔 저희가 가지고 온 물건들, 무기들이 너무 뛰어나다 여겨지지 않으십니까? 저희가 미래에서 오지 않고서는 설명이 되지 않는 물건들입니다."
그러나 그는 계속 현실을 부정하며 말했다.
"서양에서 만들 수 있을 거다."
성한이 다시 말했다.
"만들 수 있습니다. 앞으로 최소 수십년, 100년이 지나서야 말입니다. 당장 저 물건들을 만들 수 있는 나라는 없습니다."
"……."
"이제 저희를 믿으십니까?"
성한이 대답을 듣고 민자영이 다시 물었다.
"설마, 저것들이… 미래의 물건들인가…?"
"예."
"유 중위와 그의 군사들이 가지고 있는 무기도……?"
"전부 미래 무기입니다. 레일 소총, 레일 기관총, 투명인간이 되는 스텔스 망토까지 전부 미래에서 쓰이는 군사 장비들입니다. 영상을 찍은 것도 미래 기술입니다. 여태 이해되지 않는 부분과 말씀드리지 못했던 대답들이 있었는데, 미래에서 온 저희가 함부로 말씀드릴 수 없어서 그랬습니다. 그래서 이렇게 자리를 만들어서 말씀드리는 겁니다. 저희의 정체는 전하와 중전마마, 대원위 대감, 세분만 아셔야 됩니다."

"갑자기 미래라니……."

"저희의 정체를 알릴 수 있는 증거들은 전부 보여드렸다 생각합니다."

"……."

도저히 믿어지지가 않아 확인에 재확인을 거듭했다. 그리고 그제야 겨우 머리로나마 이해했다. 그렇게 하지 않고선 그동안 가졌던 의문들이 풀리지 않았다.

나름 양복이라고 입은 성한의 복식도 이해가 갔다.

"양이들의 옷이 아니군……."

"미래에서는 일상복입니다. 하지만 이 시대 조선에서는 서양인들의 옷처럼 여겨질 겁니다."

계속해서 믿음과 의심 사이에서 오갔다.

충격 때문에 한동안 아무 말도 못하다가 결국 두 사람이 미래에서 왔다는 사실을 받아들였다. 그 사실을 인정하는 것이 너무 힘들었다.

마지막으로 확인을 했다.

"정말 미래에서 왔단 말인가?"

"예. 전하."

"정말로 미래에서 오다니… 어떻게 이런 일이…… 해서, 이 시대에 온 이유가 무엇인가? 무엇을 얻으려고 과인에게 그런 것을 밝히는가? 원하는 게 뭔가?"

미래에서 왔다는 사실을 밝힌 이유를 알고 싶었다. 그 전에 역적과 왜적이 대궐을 습격했을 때 그들을 물리친 이유를 알고 싶어 했다.

성한이 미래인들의 목적을 알려줬다.

"솔직히 저희도 미래에서 어떻게 과거로 왔는지 모릅니다. 다만 기왕 과거로 왔으니 비극적인 역사를 바꾸고자 중전마마를 구해드렸습니다. 저희가 원하는 것은 조선이 위대한 나라로 변하는 것입니다."

위장이었다. 성한과 장성호의 목표는 환웅함에 타고 있는 사람들의 안전이었다. 그 안전을 위해서 조선을 위하는 것이었고 조선에 생존 기반을 닦으려고 했다.

그의 말을 듣고 이하응이 놀란 목소리로 물었다.

"비극적인 역사라니? 이 나라가 어떻게 되기에 비극적인 역사를 바꾸겠다는 것인가?"

성한이 이하응의 물음에 대답했다. 그는 을미사변 후에 조선이 겪는 일들을 차례대로 알려줬다. 목소리에는 잔뜩 무게가 실려 있었다.

“중전마마께서 일본에 시해 당하신 것을 시작으로 간략하게 말씀드리면, 이후에 친일개화파가 권력을 휘두르다가 전하께서 아라사 공사관으로 파천하십니다.”

“중전이… 시해를 당한다고?”

“저희가 막지 않았다면 확실하게 시해 당하셨을 겁니다. 그리고 계속 말씀드리면…….”

민자영이 죽는다는 이야기에 이희가 물었고 성한이 그것이 역사임을 알렸다. 그 후에 아관파천으로 친일 정권이 무너지고 친러정권이 세워지는 일, 대한제국 선포와 함께 이희가 황제에 즉위하는 일까지 알려줬다.

러시아의 국력이 떨어지면서 일본과의 전쟁에서 러시아가 패하고, 다시 친일파가 정권을 잡고 외교권을 넘기고 국권을 넘기는 일까지 알려줬다. 그리고 36년 동안 일제의 폭정과 억압이 이뤄지는 것을 알렸다. 심지어 미국을 상대로 일본이 전쟁을 걸었을 때 수십만 명에 달하는 조선의 아녀자가 성노예로 끌려가는 사실까지 알려줬다.

그 이야기를 듣고 이희와 두 사람은 할 말을 잃었다. 이희는 침통한 표정이 있었고 민자영은 여태 본 적 없는 불편함을 드러내며 가슴을 움켜쥐었다.

성한에게 그것이 사실인지 재확인했다.

“정말 그 일이… 내가 겪을 운명… 이 나라의 미래란 말인가……?”

고개를 끄덕이면서 성한이 대답했다.

"지식으로 알고 있는 역사입니다."

그리고 눈물을 흘리는 이하응을 봤다.

"어떻게 그런 일이… 이 나라를 당당한 독립국으로 만들려 했는데……."

"아버님……."

"어떻게 그런 참담한 일이 일어난단 말인가… 그것을 듣고 내 어찌 편히 눈을 감겠느냐… 흐흑… 흐흑……."

이제는 성한이 하는 말이 진실인 줄 알았다. 그리고 조선이 망하고 참상을 겪게 된다는 이야기에 이하응은 더 이상 슬픔을 금할 수 없었다.

오열하면서 소매로 눈물을 닦아야 했다. 그 모습을 보고 있다 이희가 이상한 점을 발견했다. 성한이 36년 동안이라는 기한을 말했다.

"36년 동안이라고 했다."

"예."

"허면 36년이 지나서 조선이 다시 일어나는 것인가?"

이하응의 눈물이 그쳐갈 즘에 성한이 대답했다.

"해방되기는 합니다."

"그렇군… 다행이군……."

안도의 한숨을 쉬었다. 그러나 다시 안정되던 이하응의 마음을 흔들었다.

"하지만 왕실이 다시 세워지진 않습니다. 조선이 식민지가 될 때 왕실의 일부 사람들이 협조했기 때문입니다. 대신 새로운 정치 체제로 제국이 아닌 민국으로 나라가 세워집니다. 미국처럼 백성이 대통령을 뽑는 나라가 됩니다."

대답을 듣고 이하응이 노성을 일으켰다.

"대체 누가 일본을 돕는단 말인가? 어떤 놈인가?!"

그의 물음에 성한이 씁쓸하게 웃으면서 대답했다.

"답해드릴 수 없습니다."

"어째서?!"

"아직 일어나지 않은 일입니다."

대답을 듣고 이하응의 눈가가 움찔했다. 그리고 성한이 이어서 말했다.

"아시다시피 중전마마께서 이렇게 살아계신 관계로 역사가 바뀌었습니다. 그리고 저희가 바꿀 겁니다. 지금부터의 모든 미래가 열려 있는데 누가 죄인이 될지 어떻게 알겠습니까. 충신이 될 수도 매국노가 될 수도 있습니다. 아직 죄 없는 자들에게 편견을 씌울 수 없습니다. 대원위 대감."

"……."

"죄송합니다."

재앙의 싹을 미리 알고 싶었다. 그러나 그들이 아직 죄를 짓지 않았다는 성한의 이야기는 미사여구가 아닌 진실이었다. 마지막 한마디가 이하응의 분노를 식혔다.

"조선이 강해지면 매국노가 나올 이유가 없습니다. 그것이 진리입니다."

분노의 여운이 남아 있었지만 그 말을 반박하고 꺾을 수 없었다.

이어서 다시 조선의 미래에 대해서 초점을 맞추고 질문이 이어졌다.

민자영이 성한에게 물었다.

"압제가 있었다고는 해도 해방이 되었는데 그럼 그 이후로도 좋지 않은 일이 벌어지는가? 어때서 과거를 바꾸겠다는 것인가?"

다시 성한이 대답했다.

"해방되지만 자력 독립이 아니라서 나라가 둘로 갈립니다."

"뭐라고…?"

"일본과의 전쟁에서 승리한 미국이 남쪽을, 혁명이 일어나서 일본과 동맹을 맺었던 독일과 전쟁을 치르고 승리한 아라사가 북쪽을 차지합니다. 몇 년이 지나 괴뢰 정부를 각각 세우면서 1950년에 전쟁이 일어나죠. 온 나라가 초토화가 되고 다시 일어서는데 수십년이 걸립니다. 그 후 남쪽이 크게 발전하면서 열강의 반열에 올라섭니다만, 다른 열강 국가들의 간섭과 견제 등으로 쉽게 북쪽과 통일을 이루지 못합니다.

"조선이 분단된다니… 어찌 그런 일이……."

"막대한 비용을 치르고 결국 통일은 하는데, 뛰는 놈 위에 나는 놈 있다고 다른 열강들이 엄청나게 발전합니다. 일본과 청나라도 거기에 포함되죠. 그러다가 조선을 위대하게 해줄 엄청난 자원과 기술을 발견하는데 두 나라가 연합해서 침공을 벌였습니다. 우리의 발전을 막으려고 말입니다. 특히 일본이 벌인 모든 만행은 거짓과 날조라 주장하면서 인정하지 않았습니다. 무려 200년이 지나서도 말입니다. 우리가 강해지면 그것을 인정해야 되니……."

"그래서 친 것이군……."

"예. 그래서 저희들이 역사를 바꾸려는 겁니다. 이 시대부터 조선을 위대하게 만들기 위해서 말입니다. 그것이 저희의 목표입니다."

마치 하늘의 뜻처럼 들렸다.

하늘이 조선을 불쌍히 여겨 하늘의 사자를 보낸 것 같았다.

이희가 열강으로 향하는 길을 물었다.

"이 나라가 강해질 수 있는 방법을 아는가?"

"압니다."

"어떻게 해야 되는가?"

성한이 세 사람과 시선을 맞추면서 강해질 수 있는 방법을 알려줬다.

"국론을 하나로 합쳐야 됩니다. 여기 계신 세분의 생각과 마음이 하나로 합쳐져야 됩니다. 이 자리에 조선의 모든 이념이 모여 있으니 말입니다. 여태 하나로 합쳐지지 못해서 서로를 견제하고 무너뜨리려다가 외세마저 끌어들였습니다. 그것이 나라를 망치는 원인입니다. 특히 두 분께서 화해 하셔야 됩니다."

"중전과 내가 말인가?"

"예. 꼭 하셔야 됩니다."

"……."

갑자기 찔러 들어오는 검과 같았다.

성한의 방법을 듣고 이하응이 불편한 표정을 지었다. 그리고 그것은 민자영 또한 마찬가지였다. 두 사람 사이에서 있었던 일을 성한이 알고 있었다.

'화해하기가 쉽지 않지만 반드시 화해해야 됩니다. 그래야 조선이 버틸 수 있습니다. 그래야 우리 후손들이 조선에 뿌리를 내립니다. 부디, 결단을 내려주십시오……!'

간절한 마음으로 두 사람을 지켜봤다. 장성호와 눈빛을 주고받고 함께 소망하면서 화해가 이뤄지기를 원했다.

예상치 못한 부탁으로 잊고 있었던 옛일이 떠올랐다. 그 일은 치열한 정쟁 속에서 잃어버렸던 진정한 소망과 대결의 이유였다.

시아버지가 저질렀던 일을 하나씩 꺼내 민자영이 물었다.

"아버님."

"말 하시오. 중전."

"어찌 하셔서 절 죽이려 하셨고 제 가문을 지우려 하셨습니까?"

"……."

"이 자리를 빌려서 묻고 싶습니다. 어째서입니까?"

임오년 때 구식 군대가 차별에 분노하면서 난을 일으켰고 군인들을 선동했던 시아버지를 기억했다. 그 일로 자신이 죽을 뻔했던 일이 있었다.

그 일을 두고 민자영이 진솔하게 물었다.

대답하기를 주저하다가 이하응이 입을 열었다.

"중전도 잘 알지 않소. 이 나라는 이씨가 왕이 되어 통치하는 나라요. 어떤 가문도 왕실보다 강한 권력을 가질 수 없소."

스스로를 변론하는 이하응의 대답에 민자영이 치를 떨면서 이하응에게 말했다.

"그래서… 제 가문을 그리 핍박하셨습니까? 제 오라버니를 죽이시고 말입니다… 그 일을 떠올리면 지금도 자다가도 몸서리쳐집니다……."

"중전. 중전도 알고 있지만 내 안동 김씨와 풍양 조씨 세

도가들을 몰아낸다고 고생했소. 그 두 가문 때문에 조선이 어떻게 되었는지 알 것이오. 그 두 가문의 잘못을 중전의 가문이 다시 벌이려고 하는데 내 어찌 가만히 보고 있을 수 있겠소? 가슴이 찢어지는 심정이라도 어쩔 수가 없었소. 그래서 중전에게 묻소. 중전은 이씨 며느리요, 민씨 여식이오?"

"……."

"나는 중전이 내가 아낄 수 있는 내 며느리가 되길 원하오."

"……."

감정이 격해지는 것 같아서 성한이 둘 사이에 끼어들려고 했다. 그러나 이희가 눈짓을 줬고 그는 장성호와 함께 가만히 대화를 지켜봤다.

이하응이 민자영에게 어느 가문 사람이냐고 물었다. 그 물음에 민자영은 쉽게 대답하지 못했다.

대신 더 옛날 일을 떠올렸다.

"절 며느리로 택하신 분이 아버님이십니다. 처음에 절 아끼신 분도 아버님이셨고요. 하온데, 어찌하여 절 버리셨습니까?"

"버리다니, 그 무슨……."

"중전의 위에 올랐을 때……."

"……."

"귀인 이씨가 완화군을 낳았었지요. 그때 아버님께서 완화군을 안으시고 보여주셨던 눈빛을 기억합니다. 세자를 생산하지 못한 제가 비참해졌고, 또 아버님께선 더 이상 절 관심에 두시지 않으셨죠. 무관심이라는 말이 그렇게 맞을 수 없었을 겁니다. 그때 제 심정을 아시는지요. 궁궐에서 살아남기 위해 발악했던 제 심정을 아시는지요. 그래서 제가 제 가문의 힘을 빌릴 수밖에 없었습니다……."

"……."

"아버님께 서운한 일이 너무나 많습니다……."

"……."

민자영이 눈이 붉어져 있었다. 눈이 그렁그렁 맺히며 한 줄기 눈물이 뚝 하면서 떨어졌다. 그 모습을 보고 이하응은 아무 말도 할 수 없었다. 며느리가 느꼈던 감정을 아예 이해 못 할 정도로 꽉 막힌 사람이 아니었다.

누구보다 그 마음을 알고 있었다. 심지어 부군인 이희보다 며느리에 대해서 잘 알고 있었다. 그러나 신분이 그 감정을 막고 있었다.

"내가 만약, 평범한 백성이었다면 중전을 누구보다 아꼈을 것이오. 그러나 나는 이 나라 군주의 친부이올시다. 내 가문이 왕실인 이상, 내가 따르는 대의는 종묘사직을 지키고 이 나라 왕실을 지키는 것에 있소. 다시 말하지만 내가 평범한 백성이었다면 어떤 상황에서도 중전을 아꼈을 것이오…….”

미안했다는 말은 절대 없었다. 그만큼 이하응은 스스로 한 일에 대해서 정당한 명분이 있다고 생각했다. 그리고 그 사실을 민자영도 알고 있었다.

계속 침묵이 이어지다가 비단천으로 눈물을 닦고 먼저 입을 열었다.

“어느 가문의 여인이냐 물었지요. 예, 저는 이씨 가문의 여인입니다. 민씨 집안에서는 출가외인입니다. 그러니 지난 일을 굳이 꺼내서 말씀드리지 않겠습니다. 그저 이 나라를 위해서 미래에서 왔다는 저 후손의 이야기를 듣겠습니다. 그것이 절 살려준 후손에 대한 보답입니다. 이제 더 이상 적어도 아버님께 맞서지는 않겠습니다.”

속으로 안도의 한숨이 절로 나왔다. 성한이 민자영의 이야기를 듣고 다행이라는 생각을 했다. 비록 화해가 이뤄지지 않았지만 차선 정도는 이뤄질 것이었다.

그리고 이하응을 봤다.

이씨 가문 사람이라는 민자영의 대답에 대응해서 그 또한 여태 유지했던 태도에 변화를 줬다.

“주상과 중전은 앞으로 20년 넘게 더 살 것이고, 나는 길어봐야 5년을 보고 있소… 이 나라에서 내가 할 수 있는 것은 아무것도 없으니, 주상은 부디 중전의 지혜를 잘 빌리길 바라오. 또한 우리 앞에 있는 아이들의 혜안을 얻길 원하오."

이희가 이하응의 말에 대답했다.

"명심하겠습니다. 아버지."

풍랑이 지나는 듯했다.

이희가 성한에게 할 일을 물었다.

"전폭적으로 돕겠다. 아니, 따르겠다. 그러니 과인이 이제 무엇을 해야겠는가?"

그의 물음에 성한이 진지하게 대답했다.

"한 나라의 왕후를 죽이려 했습니다. 때문에 반드시 죄를 물으셔야 됩니다. 일본이 정부 차원에서 중전마마를 해하려 했다는 사실을 세상에 알려야 됩니다. 그리고 비난하셔야 됩니다. 그들이 인정할 때까지 말입니다. 책임을 지게 하는 것은 그 후에 하실 일입니다."

부정할 수 없는 죄가 밝혀지고 그것을 인정하지 않으면 결국 일본의 대외신임도가 떨어질 수밖에 없었다.

성한이 세운 전략을 세 사람이 단번에 이해했다.

지켜보던 장성호가 이희에게 말했다.

"본때를 보여주셔야 됩니다."

그 말을 듣고 이희가 자신감을 얻었다.

"역사적으로 일본을 응징하겠다. 앞으로도 과인을 계속 도와 달라."

조선의 역습이 펼쳐지기 시작했다.

타국의 왕후를 시해하려 했던 만행이 세상에 알려지기 시작했다.

일본이라는 나라의 발목을 죄의 올가미가 단단히 붙들었다.

* * *

무리를 이끄는 여인의 목소리가 귓가에 맴돌았다. 적을 쓸어버리라는 명령을 내리며 그녀를 따랐던 무리가 형태가 기괴한 총으로 반군을 상대하는 것을 지켜봤다. 총성이 거의 들리지 않았지만 그것은 누가 보더라도 총격이라 여길 수밖에 없었다.

서양조차 보유하지 못한 신무기의 화력을 목격했다. 절대 조선이 만든 무기는 아니었다. 그 무기를 대체 어떤 나라가 만들었는지 궁금했다. 또한 소수 인원으로 반군을 제압한 자들이 누구인지 궁금했다.

총리부 관아에 박정양, 김홍집, 민영달 그리고 세 사람과 함께 전투를 목격했던 학부대신이 회의실 탁자 앞에 앉았다.

김홍집이 일본군을 제압했던 무리를 기억했다.

"일본군 수비대가 그렇게 무력하게 당하는 것을 처음 봤습니다. 초전에 쿠스노세 중좌가 죽임을 당했습니다. 그런 무기라면 혼자서 백명, 천명을 상대할 수도 있습니다."

민영달이 목소리를 떨면서 자신이 본것을 말했다.

"여자였습니다. 분명히, 여자가 군대를 이끌고 있었습니다. 대체 어디의 군대입니까? 그런 군대는 서양에도 없을 겁니다. 천군이라니… 말이 안 됩니다."

박정양이 미신을 거부했다.

"하늘이 내어준 군대는 있을 수 없어. 백성들이니 그런 말을 하지, 절대 천군이 아니야. 편하게 부를 수 있는 칭호일 수는 있어도 누군가의 지시를 받는 자들이 분명하네."

"설마, 전하께서 몰래 키우신 군대이겠습니까?"

"아무리 전하시지만 불가능한 이야기야. 그러실 수 있다면 굳이 외국 무기와 탄약을 사들이실 필요도 없지. 전하께서 키우신 군대가 아니야. 따라서 조선 편일 수도, 아닐 수도 있어."

"정체를 제대로 밝혀야 합니다."

"그래. 그렇게 해야 되네."

민영달과 이야기하면서 천군의 정체를 밝혀야 된다고 생각했다. 새벽에 일어난 엄청난 일 때문에 그들의 관심은 온통 천군에 맞춰져 있었다. 그것을 입이 무거운 사람이 환기시켰다.

"여기에서 세분은 친일파입니다."

그 말을 듣고 천군에 대한 생각이 지워졌다.

왕후 암살 시도 사건이었다. 더해서 일본군 장교가 교관으로 있는 부대가 반란을 일으켰다. 반란을 일으킨 훈련대는 김홍집이 총리로 있던 시절에 일본의 도움으로 창설된 신식 부대였다. 자연히 그와 개혁에 참여한 자들이 엮일 수밖에 없었다. 상황에 따라서는 대역죄인으로 몰려 처형당할 수도 있었다.

박정양이 일본으로의 망명을 생각했다.

"피신해야 되지 않겠는가?"

그의 말을 듣고 김홍집이 굳센 심기를 드러냈다.

"일국의 위정자로 전하의 명으로 죽는것은 천명입니다. 남의 나라의 도움까지 받으면서 살고 싶지 않습니다."

"내부대신은 민씨 가문이니 그나마 살 수 있겠군. 학부대신은 전하 편이고……."

"……."

"앞으로가 정말 큰일이군."

최소한 파면, 상황에 따라서는 박정양 또한 처벌당할 수도 있었다. 개화를 주장하며 부득이하게 일본의 힘을 빌렸던 자들이 모두 몰락할 위기에 처했다.

그때 문이 열리면서 들어본 적이 없는 목소리가 들렸다.

"걱정하지 않으셔도 됩니다."

양복을 입은 두 사람이 안으로 들어왔다.

동양인인데 키가 훤칠하고 마치 서양인처럼 생긴 사람이

었다. 그리고 한 사람은 그보다 조금 키가 작지만 다부진 체격에 남자다운 외모를 지니고 있었다. 두 사람 모두 단발이었으며 수염 없는 자들이었다.

그들 뒤에 천군이라 불리는 군대의 병사가 스치듯이 보였다가 사라졌다.

성한이 장성호와 함께 허리를 굽히며 회의실에 있는 네 사람에게 인사했다. 그리고 자신을 소개했다.

"유성한입니다. 그리고 이쪽은……."

"장성호입니다. 처음 뵙겠습니다."

갑작스런 등장에 얼떨떨한 표정을 지었다. 다시 성한이 네 사람에게 말했다.

"숙청될 거라 걱정하지 않으셔도 됩니다. 제가 전하께 미리 말씀드렸습니다."

회의실에 난입한 두 사람을 보면서 어안이 벙벙했다. 한동안 말이 없을 정도로 두 사람의 등장은 급작스러웠다.

성한의 이야기를 듣고 박정양이 목소리를 떨면서 물었다.

"유성한…? 그게 당신 이름이오?"

"예."

"새벽에 반란군을 진압했던 부대와 같은 무리에 속해 있소?"

"그렇다 말씀드리겠습니다. 그리고 그 부대의 최고지휘

관은 제 동생입니다. 이 분은 다른 부대에 속해 있는 부장입니다."

"……?!"

"저희들은 전하의 어명을 받아서 임무를 수행합니다. 그동안 잠잠히 있었지만, 나라가 위급해 친위 직속부대로 활동할 겁니다. 이외의 것은 비밀입니다."

적어도 왕의 명을 따르는 자들이라는 것을 알게 됐다. 그러나 나머지 궁금한 것이 해결되지 않았고 물어도 대답을 들을 수 없을 것이라고 생각했다.

네 사람이 잠시 생각에 잠겼을 때 성한은 그들 한명 한명의 얼굴을 살피기 시작했다.

박정양과 김홍집의 얼굴을 알고 있었고 늙어서 찍은 초상화의 얼굴을 기억하면서 비교적 나이가 젊게 보이는 사람이 민영달이라는 것을 알게 됐다. 그리고 그와 비슷한 나이의 인물을 살폈다.

그 얼굴은 역사 공부를 조금이라도 했다면 알 수 있는 인물이었다.

학부대신이 앞으로 어떤 사람이 되는지 성한이 알고 있었다. 그리고 장성호도 알고 있었다.

장성호가 성한을 보면서 눈짓을 줬다.

'이완용입니다. 죽여야 하지 않겠습니까?'

'그래야 하지만 구실이 없습니다. 적어도 이 시대에선 친일파가 아닌 친미파니 말입니다. 사람들은 저놈을 충신으로 여기고 있을 겁니다. 처세술의 달인이니 입이 그리 가볍지 않을 겁니다. 위급할 때만 빼고 말입니다.'

'구실이 생기면 바로 죽여야 합니다.'

'예. 그건 동의합니다. 엉뚱한 짓을 저지르지 않도록 잘 감시해야 됩니다.'

표정의 일체가 변화되지 않는 인물이었다. 나머지 세 사람이 각양각색의 감정을 표하지만 이완용만큼은 무슨 생각을 하는지 결코 알 수가 없었다.

성한이 알고 있는 것은 그의 미래였다. 그리고 그 미래조차 어떻게 변할지 알 수 없었다.

이완용이 변절하는 상황이 벌어지지 않길 원하면서도 그를 죽일 수 있는 기회가 오길 바라는 이중적인 마음이 들었다. 그러나 그 마음을 지우고 현실을 보기 시작했다.

이완용 외의 세 사람이 성한에게 필요했다.

"말씀드렸다시피 처벌을 걱정하지 않으셔도 됩니다. 친일파라도 나라를 팔아먹는 친일파가 있고, 일본의 장점을 배워서 조선을 강국으로 만들려는 충신이 있습니다. 전하께서 원하시는 친일파는 일본의 장점을 배워 나라를 부강하게 만들려하는 충신입니다. 따라서 대신들께서 어떻게 하시는가에 따라서 처분이 달라질 겁니다."

처벌을 걱정했던 박정양이 물었다.

"어…어떻게 하면 되오……?"

장성호가 성한 대신 알려줬다.

"이제, 우리는 죄인들을 벌하고 일본을 상대로 외교전을 벌일 겁니다. 명백한 증거와 증인을 확보해두고 있으니, 행정적인 일을 대신들께서 해주셔야 됩니다. 그것만으로도 전하와 백성, 나라를 위한 공이 될 겁니다. 그래서 걱정하지 않으셔도 된다 말씀 드린 겁니다."

성한이 결론을 말했다.

"죄 지은 자들을 벌하는 데에 있어서 힘쓰시면 충신, 죄인을 비호하는 자들은 역적일 겁니다. 그 결과를 보시기 전까지 전하께서는 대신들을 처벌하지 않으실 겁니다. 때문에 두려워하지 마십시오. 어차피 전하의 어명을 따르실 분들이 아닙니까. 함께 힘을 모아 국난을 헤치면 됩니다."

생각지 못한 활로가 열렸다. 두 사람의 이야기를 듣고 '역적으로 몰리지 않을 수도 있겠다'는 생각을 했다. 세상이 친일파라 손가락질 하고 역적이라 외쳐도 죄인들을 처벌하고 왕의 어명을 따르면 충신으로 기억될 수 있다.

그 기회를 절대 놓칠 생각이 없었다.

그러나 그 기회가 진짜인지 궁금했다.

민영달이 성한에게 물었다.

"명백한 증거라니… 그게 대체 어떤 증거요?"

성한이 의미심장한 미소를 띠며 대답했다.

"이곳에서 말씀 드릴 수 없습니다. 일본이 대응책을 준비할 수 있으니까 말이죠. 오직 특정인에 한해서만 비밀리에 공개하고 적에게 역습을 가할 겁니다."

궁금증에 궁금증을 더하는 대답이었다. 성한의 대답을 듣고 민영달이 답답함을 느꼈다.

증거 싸움으로 간다면 경무청을 아래에 두는 내부가 검사들을 지휘하는 법부와 아예 상관이 없는 것이 아니었기에 내부대신인 자신만큼은 알아야 된다고 생각했다. 그러나 성한은 증거가 무엇인지 알려주지 않았다.

이번에는 김홍집이 성한에게 물었다.

"세부계획이 어찌되오?"

물음을 듣고 성한이 공개가 가능한 세부계획들을 알려줬다.

그 말을 듣고 네명의 대신은 성한과 장성호를 의심하면서도 그를 믿고 행동에 나서기로 했다.

그들이 믿는 것은 두 사람을 믿는 주상이었다.

역습을 준비하는 동안 일본은 예상하지 못한 변수를 맞았다. 그것이 참사가 되리라고 전혀 생각하지 못했다.

조선의 상황을 살핀 이노우에가 태정관에서 이토에게 보고했다.

"한성신보는 어찌 되었소?"

"폐간되었소."

"아다치 사장과 현양사의 회원들은?"

"모두 조선 놈들에게 사살됐소. 오카모토 교관과 시바 공사 참모도 사살됐소. 공사관을 지키는 아군 수비대가 전멸했소. 반수 이상이 사살됐고 나머지는 모두 포로가 됐소. 미우라 공사를 비롯한 공관원들만 살아서 공사관에 억류된 상태요. 놈들이 지능적으로 바뀌었소. 예전 같았으면 이미 미우라 공사도 체포하거나 죽였을 거요. 철저히 서양의 입맛에 맞는 행동을 벌이고 있소."

"영악해졌군……."

"천군이라는 놈들이 일을 벌였다고 하오. 그 놈들이 갑자기 어디서 튀어나온 것인지 알 수가 없소. 우리의 계획이 완전히 어그러졌소."

조선에 천군이 나타나 반군과 일본군을 소탕했다는 소식이 바다 건너로 전해졌다.

총성이 약하게 들리는 연발총으로 조선군은 물론이거니와 동양 최강국의 군사들이 깨졌다는 소식에, 이토는 심각하게 생각하다가 이내 고개를 가로저으면서 있을 수 없는 일이라고 생각했다.

있을 수 없다는 이야기에 착각이라고 판단했다.

"와전되었을 거요. 40명에 못 미치는 소대 병력이 상상을 초월하는 무기를 가지고 나타나서 조선군과 황군의 수

천 병력을 깨버렸다고? 한명 한명이 기관총을 들지 않고선……."

"기관총을 들었다고 하오."

"그러니 말이 안 된다는 거요. 분명히 러시아가 조선을 도왔을 것이오. 그렇지 않고선 이리될 수 없소. 천군은 존재하지 않는 군대요."

이토가 차를 마시면서 천군을 부정했다. 그 말을 듣고 이노우에가 고개를 끄덕였다.

천군에 대한 결론을 내리고 다시 이토에게 이노우에가 말했다.

"속히 조치를 내려야 하오. 그렇지 않으면 서양이 우릴 우습게 볼 거요. 어쩌면 우리를 식민지로 삼아도 되겠다고 여길 수 있소."

조선의 왕후를 죽이기 위해 철저한 계획을 세우고 행동에 나섰지만 상상할 수 없었던 결과가 일어났다. 때문에 태정관의 분위기는 급박해질 수밖에 없었다.

단순히 궁지에 몰린 쥐가 고양이를 문 정도로 여기지 않았다.

부상을 입은 고양이는 제대로 도망도 못 치고 오소리에게 물려 죽을 수 있었다.

이토가 차를 마시며 고민하다가 외무성에서 해야 할 일을 알려줬다.

“우리 정부와 조선에서 있었던 일은 전혀 상관이 없소. 때문에 놈들이 아군을 공격한 것은 전부 전쟁으로 이어질 수 있는 심각한 행동이오. 그런 식으로 만국 공사들에게 연락해서 알리시오.”

“알겠소.”

“그리고 혹시 모르니 전쟁을 준비해야겠소.”

군대가 공격받았다. 그것은 절대적으로 전쟁의 구실이었다. 피할 수 없는 문제였고 피하게 되면 일본의 국위는 나락으로 떨어질 수밖에 없었다.

그렇게 생각하면서 이토와 이노우에가 행동에 나서려고 했다.

외무성으로 가기 위해서 이노우에가 총리 집무실의 문 앞에 섰을 때였다. 집무실 관원이 문을 열어주기 전에 밖의 관원이 먼저 문을 열었다.

고관 귀족이 들어와 이노우에를 보고 인사했다.

“이노우에 공.”

“외무대신. 이곳엔 어쩐 일이오?”

이노우에가 묻자 안으로 들어온 외무대신이 굳은 표정을 지었다. 그의 이름은 ‘무쓰 무네미쓰’였다.

이노우에보다 8살 어린 무쓰가 그와 이토에게 전할것이 있음을 알렸다.

“조선에서 공표가 이뤄졌습니다.”

"공표라니?"

"우리 정부에 대한 비난 공표입니다. 그리고 우리 국민들을 체포하고 있습니다. 공관원들을 빼고 여우 사냥에 가담했던 인사들을 잡아들이고 있습니다. 속히 조치를 취해야 됩니다."

"……?!"

망치로 머리를 맞은 것 같았다. 이노우에가 고개를 돌려서 이토를 봤다. 이토가 찻잔을 받침대에 내려놓고 온몸을 떨었다.

책상을 주먹으로 내려치면서 찻잔이 엎질러졌다.

"조선인 놈들!"

역사에서 벌하지 못했던 죄인들을 벌하려고 했다.

일본 정부를 대신해 민자영을 죽이기 위해서 낭인들을 모은 모집책이 있었다.

그는 한성신보의 주필이었고 '쿠니토모 시게아키'라는 이름을 쓰는 자였다.

그가 조선을 탈출하기 위해서 제물포로 향했다. 조선군이 지키는 항구 입구에서 어떻게 통과할지 고민했다.

그때 어깨에 소총을 멘 동초(動哨)가 서성이고 있던 쿠니토모를 발견했다.

손에 들린 사진에 낭인들을 모집하는 범인의 모습과 얼굴이 담겨 있었다.

초병들이 빠르게 걸음을 옮겼다.

"음? 이런……!"

"뛴다! 잡앗!"

조선병의 접근을 알아차린 쿠니토모가 뛰기 시작했다.

동초가 호각을 불면서 지원군을 불렀고 낭인들을 모집했던 쿠니토모는 이내 포위가 되어 몸이 붙들리게 됐다.

몸부림을 치며 초병들에게 경고했다.

"놔라! 내가 누군 줄 아느냐?! 대일본제국의 국민이다! 네놈들이 이러고도 좋은 꼴을 볼 듯싶으냐?!"

"뭔 말 하는지 못 알아듣겠으니까 아가리 닥아. 새끼야!"

퍽!

"크윽!"

"쪽발이 자식이 거 되게 시끄럽네!"

"으윽…!"

발버둥 치는 쿠니토모를 시위대 병사가 폭행했다.

병사는 그에게 억울하면 재판에서 변론을 하라고 말했고 옥수레에 가두고 다른 경비병들에게 신병을 인도했다.

초병들은 범인 체포를 도와준 사진이 실력 뛰어난 화공이 그린 그림이라고 생각했다. 그것이 그들이 펼칠 수 있는 생각의 한계였다.

"정말 잘 그렸어."

"어떻게 하면 이렇게 똑같이 그릴 수 있는 거야?"

"정말 대단한 화공이 그린 것 같아."

고화질 카메라로 찍힌 영상이 흑백사진이 되어 전국에 뿌려졌다. 덕분에 숨어 있던 죄인들과 도망치려던 죄인들까지 모두 추포되었다. 현상수배까지 되어 백성들이 고발하는 경우도 있었다.

그렇게 죄인들이 추포되고 한양 내 각국 공사관으로 조정의 포고문이 전해졌다. 그 내용은 왕후를 시해하려 했던 일본 정부에 대한 맹비난이었다. 만국 정부가 그 비난에 동참해주기를 원한다는 내용이 담겨 있었다.

개화를 위한 개혁으로 이조와 예조, 병조를 아우르는 6조는 8아문을 거쳤다가 7부로 바뀌어 있었다. 그중 외교를 담당하는 외부(外部)의 '서리 대신(署理 大臣)'이 주상의 명을 받고 집옥재에 이르렀다.

협길당에 들어가 이희에게 인사하고 그의 곁을 지키는 민자영과 이하응, 왕후를 구한 영웅들을 만났다.

성한과 장성호 등을 보다가 이희의 명을 받았다.

"열강이 쉽게 우리 편이 되리라고 여기지 않는다. 그러나 우리에게 명백한 증거가 있고, 특히 미리견 장교인 다이 대장이 휘말렸으니 미리견 공사를 설득해 우릴 지지해줄 수 있도록 최선을 다해 달라."

"예. 전하."

이범진이 이희의 친서를 받았다. 그리고 다시 성한과 장성호 등에게 시선을 옮겼다.

성한이 이범진에게 다시 만나겠다고 말했다.

"다음에 뵈어서 정식으로 인사하겠습니다."

"예……."

성한의 인사를 이범진이 받았다. 그리고 이희에게 인사한 뒤 협길당에서 나왔다. 나올 때 집옥재 앞에서 성혁을 만났다.

"조심히 살펴 가십시오."

"……."

그릇 같은 것을 뒤집어쓴 성혁을 보고 기이하다고 생각했다.

어깨에 메어져 있는 것이 총처럼 보였고 그가 왜적들을 소탕한 군인일 것이라고 생각했다.

고개를 숙여 성혁에게 인사하고 광화문으로 향했다. 광화문으로 향하면서 이범진이 많은 생각에 잠겼다.

'천군이라… 전하를 위한 군대라 하지만 대체 어디 군사들이란 말인가? 참으로 짐작되지가 않구나.'

조선을 위한 군대인 것만큼은 확실했다. 그러나 갑자기 튀어나온 자들로 그 정체가 수수께끼일 수밖에 없었다.

고개를 가로저으면서 맡은 바 소임에만 충실히 하려 했다.

이범진이 나가고 이희가 성한에게 물었다. 그가 충신인

지 매국노인지 궁금했다.

"방금 나갔던 이범진은 충신인가? 혹, 알려줄 수 있겠는가?"

이희의 물음에 성한이 미소를 지으면서 대답했다.

"알려드릴 수 없습니다."

"그렇다면 역적인가?"

"그것도 알려드릴 수 없습니다."

"참으로 답답하군. 누가 충신인지 배신을 하게 되는지 말야. 그대 뜻은 이해가 되지만 과인은 안개 속을 헤매는 느낌이다. 오직 그대만을 믿고 걷고 있다."

이희의 토로에 성한이 한번 더 웃으면서 알려줬다.

"충신입니다. 그것도 죽기를 두려워하지 않을 정도로 말입니다. 서리 외부대신 정도는 말씀드려도 괜찮을 것 같아서 알려드렸습니다."

편견을 가져도 되는 위인이었다. 그 대답을 듣고 이희가 크게 기뻐하며 환하게 웃었다. 그리고 민자영과 이하응도 함께 미소 지었다.

특명을 받은 이범진이 덕수궁 옆에 위치한 미국 공사관으로 향했다. 그리고 주재 조선 미국 공사인 '존 실'을 만나 일본의 잔혹함을 알렸다.

응접실에서 차를 마시면서 대화를 나눴다.

"아시다시피 일본 정부가 한양에 거주하는 일본인들을

통해서 우리 중전마마를 시해하려 했습니다. 이것은 만고에 보기 힘든 만행이자 악행입니다. 세상의 어떤 야만국도 이런 일을 벌이지 않습니다. 따라서 아국에서는 일본 정부에 대한 비난을 공포하고 미국 정부에서 이를 지지해주길 원합니다. 여기, 아국 주상 전하의 친서를 드립니다. 부디, 지지 공표를 부탁드립니다."

동양인이라 여기기 힘들 정도로 이목구비가 뚜렷한 남자였다.

이범진이 실에게 일본을 규탄하는 것에 함께 힘써달라고 말했다.

실은 신중한 모습을 보이면서 이희가 쓴 친서를 받아 옆에 있던 자에게 넘겨줬다.

그가 조선말을 알고 언문이라 불리는 조선글을 알고 있었다.

어의(御醫) '호러스 알렌'이 안경을 고쳐 쓰고 친서의 내용을 읽었다. 차분하고 박식한 말투가 그의 입에서 흘러나왔다. 조선어 발음도 꽤 정확했다.

"…이런 바로 조선의 억울함을 만국에 호소하니, 합중국 공사에게 가해국인 일본의 만행을 함께 규탄해주길 원한다. 그것을 통해 함께 정의를 세울 수 있는 영광이 있기를 소원한다. 조선국 국왕 친서."

"……."

"이상입니다."

이후 통역된 친서의 내용을 듣고 실이 고개를 끄덕였다. 그리고 왕후 시해 시도 사건에 휘말린 미국 국민을 불러들였다.

시위대 파견 지휘관으로 반군에 맞섰던 '윌리엄 다이'가 응접실로 들어왔다. 그에게 실이 조선 정부의 주장이 맞는지 물었다.

"다이 대령."

"예. 공사."

"일본이 조선의 왕비를 죽이기 위해서 훈련대를 끌어들이고 그들에게 뒤집어씌우려 한 것이 맞소?"

실의 물음에 다이가 자신이 본 것 그대로를 알려줬다.

"일본이 배후에 있는지 없는지 모릅니다. 제가 상대했던 적은 이두황과 우범선 등이 이끌었던 훈련대였습니다. 그들이 궁궐로 들어와 시위대를 공격했습니다."

"그러면 조선 정부의 주장이 진짜인지 가짜인지 모르는 것이군."

"진짜일 확률이 높습니다."

"어째서 말이오?"

"훈련대에게 패하고 포로가 되었을 때 어스름 사이로 지나는 그림자들을 봤습니다. 밤이었다면 아예 못 봤을 테지만 해 뜨기 직전이었기에 봤습니다. 그자들이 일본인들이

라면…….”

“이보시오. 다이 대령. 만약이라는 가정을 둬서는 절대 안 되오. 정확해야 되니 확실히 말하시오. 일본인이오? 아니면 모르는 거요?”

“…….”

“정확히 대답하시오.”

확신을 가지지 못하는 대답에 다이가 입을 다물었다. 한동안 가만히 있다가 조심스럽게 입을 열었다.

“모르겠습니다.”

“그렇군 알겠소. 궁궐로 복귀하시오.”

“예. 공사…….”

눈빛에 미안한 마음이 가득 담겨 있었다.

이범진이 속으로 한숨을 쉬었다. 하지만 그것은 어디까지나 다이의 행동을 보고 느끼는 안타까움과 배신감이었다.

열강을 설득할 수 있는 자신감을 가지고 있었다.

“그래도 증거를 가지고 증인을 데리고 있소. 그러니 지지 공표를 해주시오.”

“우리 눈으로 보기 전까지 할 수 없소.”

“만약 보게 해준다면 어찌할 거요?”

“……?”

“부정할 수 없는 증거를 보고 증언을 듣는다면, 그땐 우리 편이 되어주겠소?”

“…….”

“정의를 위해서 마땅히 그래주시오.”

증거와 증인이 있다는 이야기를 듣고 실이 미소 지었다.

“그 정도라면 충분히 용의가 있소. 그러니 어디 보여주시오. 미합중국은 세상에서 제일 정의로운 나라요.”

“이레 후에 죄인들에 대한 재판이 이뤄질 거요. 특별히 만국 공관원들을 위해 자리를 비울 것이니 방청해주시오. 그리고 일본의 만행이 어떠했는지 봐주시오. 아시겠소?”

“알겠소.”

“그러면 그때 모든것을 결정해 주시오. 금일 이렇게 접견을 허락해줘서 고맙소. 할 말은 모두 한 것 같으니 이만 가보겠소. 다음에 다시 보겠소.”

이범진이 일어나서 손을 내밀었다. 알렌의 통역을 모두 들은 실이 그와 악수를 하며 인사했다. 그리고 이범진이 미국 공사관에서 나갔다.

응접실 창문을 통해서 멀어지는 이범진을 보며 실이 생각에 잠겼다.

그가 이희의 어의인 알렌에게 물었다.

“천군이라더군. 갑자기 나타난 조선왕의 친위대야. 혹, 천군에 대해서 알고 있었나?”

"몰랐습니다."

"절친한 친구가 모를 정도면 조선왕도 그리 멍청하지 않은 것 같군."

"친하지 않습니다."

"뭐라고?"

"왕 홀로 그렇게 생각하는 겁니다. 한번도 저는 친구라 여기지 않았습니다."

정색하며 말하는 알렌의 대답을 듣고 실이 웃음 지어보였다.

그가 알렌에게 자신의 후임이 될 거라고 말했다. 세상 모든 사람이 이희와 알렌이 절친한 친구인 줄로 알았다.

"그만하면 여기 공사관을 책임져도 되겠어."

미국 공사는 오직 미국을 위한 사람이어야만 했다.

실의 이야기를 듣고 알렌이 슬쩍 미소를 지으며 기대를 나타냈다.

미국 공사관에 들렀던 이범진이 러시아 공사관과 프랑스 공사관을 차례대로 들렀다. 그리고 두나라 공사들에게도 일본의 만행을 알리고 지지 공표를 요청했다.

가는 공관마다 똑같은 이야기를 들었다. 그리고 외부를 들렀다가 협길당으로 돌아와서 이희와 성한에게 공사들의 이야기를 알려줬다.

보고를 들은 이희가 힘 빠진 모습을 보였다. 이범진이 이희에게 세상의 이치를 알려줬다.

"다른 나라 입장에서는 이 일은 우리와 일본 사이의 일일 뿐입니다. 굳이 편을 든다면 강한 나라를 편들고 대세를 볼 겁니다. 증거와 증인을 보여 달라 했으니 보여드리시면 됩니다."

"한성재판소에서 공개하면 되겠군. 그리고 과인에게 알릴 것이 있다고?"

"일본이 먼저 행동을 취한 것을 알게 되어서 말씀드리려고 했습니다."

"행동이라니?"

"우리에게 사건을 날조하고 있다는 주장을 열강을 상대로 펼쳤습니다. 일본의 아라사 공사가 확인하고 다시 한양의 베베르 공사로부터 들었습니다. 우리에게 민간인들과 일본군 수비대를 공격한 잘못을 인정하고 배상하지 않으면, 반드시 책임을 묻겠다고 합니다. 놈들이 먼저 선수를 쳤습니다."

이범진의 이야기를 듣고 이희가 분노했다.

"적반하장이 따로 없군!"

민자영과 이하응도 함께 분노하면서 불편한 기색을 보였다. 그러나 이내 속에서 차오르는 기대감을 느끼며 주먹을 불끈 쥐었다.

성한이 웃으면서 세 사람에게 말했다.

"최고의 판이 깔렸습니다. 이제 역풍이 불겁니다."

누구도 겁내지 않았고 누구도 불안해하지 않았다.

1895년 9월 1일이었다.

한성재판소에서 왕후 시해 사건에 대한 재판이 열렸다.

새로운 역사가 쓰이고 있었다.

신조선 新 책비

원점으로 되돌리다

"간 지 며칠이나 됐지?"

"일주일하고 조금 더 됐습니다."

"이렇게 기다리고 있으니 정말 불안해지는군. 세상에서 가장 힘든게 아무것도 안 하고 가만히 있는 것이라고 하니 말야. 부장에게서 온 보고는 없었나?"

"아침에 한번 있었습니다."

"어떤 보고였나?"

"오늘 재판을 치른다 합니다. 을미사변에 관한 모든 것이 오늘 공개된다고 합니다. 일본은 이제 정말 큰일 났습니다."

함장인 김인석과 통신장인 이태성과 이야기를 나눴다. 그리고 이태성은 신난 표정으로 일본이 크게 응징당할 것이라고 말했다.

항해장인 허윤이 끌끌 거리면서 즐거워했다.

"쪽발이 쉐키덜, 엿이나 먹으라지. 큭큭."

역사 속에서 너무나 안타까웠던 일이 뒤집혔다. 비록 명성황후가 사치 심한 악녀로 평가 받는 시선도 많았다. 그래도 조선의 왕후가 침략자들의 손에 죽임을 당한 것은 무척 통탄할 일이었고 분통터지는 일이었다. 심지어 명성황후를 죽인 칼이 몇 백년 동안 가보로 여겨지는 경우도 있었다.

그 일을 떠올리면 분노와 증오심 밖에 들지 않았다. 을미사변에 개입해서 비극의 역사를 지우고자 했다.

그리고 그 모든 계획을 성한이 세웠다.

단순한 공기업 과장치고는 대담한 계획이었다. 그 일을 기억하면서 김인석이 커피 잔을 들었다.

"공무원의 범주를 넘어섰어. 결단력이 있어."

김인석의 말을 듣고 이태성이 이어 성한에 대한 이야기를 했다.

"서울대 경영학과라 들었습니다. 정치외교과 출신인 줄 알았는데 경영이랍니다. 그래서 태백성에서 직원들을 감독한 거라 생각합니다."

"경영도 전략이지."

"함장님 말씀이 옳습니다. 그리고 나이 30살에 국영 기업 과장이면 엘리트입니다. 어쩌면 제갈공명 같은 사람일 수도 있습니다."

성한에 대한 평가가 후했다.

그만큼 결과가 있었고 이후에 벌어질 일들도 기대가 됐다.

평범한 공기업 직원이 과거로 와서 특별한 사람이 되고 있었다.

그에게 조금씩 더 기대게 됐다.

김인석이 창밖을 보면서 잔잔한 미소를 지었다.

"어쩌면 이 시대에서 가장 빛을 보는 인물일지도 몰라."

그때 레이더장인 김천이 배를 붙잡고 자리에서 일어났다.

"으윽……."

"음?"

"으으……."

고통스러워하는 모습이 함교에 있던 사람들에게 보였다.

김인석이 김천을 챙기면서 물었다.

"레이더장. 어디가 아픈가?"

"아침부터 속이 안 좋아서……."

"잘못 먹은게 있나?"

"의심 가는게 있긴 있습니다. 잠시 진료실에……."

"그래. 의료팀장에게 가 봐. 어차피 레이더를 볼 일도 없으니."

"예… 함장님……."

"어서 다녀오게."

"죄송합니다……."

김천의 안색이 매우 안 좋았다. 김인석은 죄송할 필요 없다고 말하면서 허윤에게 김천을 부축하라고 지시를 내렸다.

허윤은 김천에게 뭘 먹었는지를 듣고 '등신 같이 그걸 왜 먹냐'고 타박하는 모습을 보였다. 그리고 부축하며 함 내 진료실로 향했다.

그곳에서 김신을 찾았지만 의료팀장이 이미 살피고 있는 환자가 있어서 지연이 김천을 진료하게 됐다.

허윤이 김천을 침상에 눕혔다. 지연이 김천의 겨드랑이에 체온계를 꽂고 온도를 확인했다. 그리고 김천에게 물었다.

"어제 뭐 드셨어요?"

"과일을 먹었습니다……."

"과일? 여기 과일이요?"

"아니, 태백성에서 가지고 온 것 말이에요… 과일이 너

무 먹고 싶어서……."

"혹시 냉장고에 오래 있었나요?"

"예……."

"식중독 까지는 아니고 장염인 것 같네요. 주사를 놓아주고 약을 드릴 테니까, 물 많이 드세요. 그리고 꼭 끓여서 드시고요. 아시겠죠?"

"예……."

"위생용품은 꼭 개인 것으로만 쓰세요."

"알겠습니다……."

타성에 젖은 의사가 따로 없었다. 진료에 필요한 질문만 하고 치료에 필요한 말만 했다.

지연이 자리에서 비켜나자 허윤이 혀를 차며 김천에게 말했다.

"다음부턴 상한다 싶으면 죄다 버려. 알았지?"

"예……."

"쯧쯧. 이게 뭔 고생이야."

안타까운 시선으로 김천을 쳐다봤다.

그때 지연이 간호과장과 함께 다시 모습을 드러냈다.

"장염이니까, 여기 주사 놓아주세요."

"알겠습니다!"

남자 간호사였다. 그리고 사이보그 수준으로 근육이 넘치는 사람이었다.

명찰에 '이동현'이라는 이름이 새겨져 있었다.

이두근과 가슴 근육이 얼마나 두꺼운지 간호복이 아예 찢어지려고 했다.

그를 보고 김천이 크게 긴장했다.

"긴장하지 마세요. 안 아프게 놓을 거니까."

"아니. 아플 것 같은데요……."

"안 아파요. 움직이면 두번 찌르게 됩니다."

"네……."

두꺼운 손가락이 그토록 위협적으로 보일 수 없었다.

간호과장이 주사 놓을 준비를 하는 동안 김천은 지연과 허윤에게 살려달라고 애원의 시선을 보냈다.

두 사람은 그런 김천의 사정을 무시했다.

옆에서 비명 소리가 울려 퍼지는 동안 지연이 허윤에게 물었다.

"서울에 간 사람들… 아니, 한양에 간 사람들에게서 온 소식은 없나요?"

지연의 물음에 허윤이 함교에서 들었던 이야기를 전해줬다.

"재판을 벌인다던데, 을미사변을 막고 명성황후를 죽이려 한 사람들을 벌할 거라던데요. 아마 한동안 한양에 있을 거예요."

"언제 다시 와요?"

"온다기 보단… 상황이 정리되면 우리가 한양으로 갈 겁니다."

"일단 별일은 없는 거네요."

"그런 셈이죠."

"무슨 일이 생기면 꼭 알려주세요."

"예."

"……."

"흠…?"

한양에서 일어나는 일에 상당히 관심을 가지는 듯했다.

허윤으로부터 이야기를 듣고 다른 환자를 살피기 위해서 지연이 자리를 비웠다.

그녀의 뒷모습을 허윤이 지켜봤다.

내원한 기술팀의 팀원을 진찰하면서 지연이 잡생각을 했다.

'헤어진지가 언제인데 왜 걱정하고 난리야… 정말……'

고개를 가로저으면서 스스로의 마음을 붙들려 했다.

을미사변의 역사가 지워지고 응징의 역사가 이뤄지기 시작했다.

조선 내각 법부 아래에 한성재판소가 있었다. 재판소는 중학천이 흐르는 혜정교 인근에 설치되어 있었다.

곧 만국 공관의 관원들이 모였고 방청이 허락된 외부 관리들이 들어갔다.

양식으로 지어진 한성재판소의 모습이 성한과 장성호의 눈에 들어왔다.

"한성재판소네요."

"예."

"흑백사진으로 보다가 이렇게 보니까 느낌이 이상하네요."

"그러게 말입니다. 한성재판소 말고 주변 풍경도 볼 때마다 이색적입니다."

19세기와 20세기의 경계선에 있었다. 저고리 차림을 한 사람들이 거리를 지나고 있었고 낮은 기와집들이 들어차서 100년 후에 고층 빌딩으로 채워질 것이라는 것이 상상되지 않았다.

실로 과거에 와 있다는 현실감이 들었다.

성한이 기대 어린 미소를 보이면서 장성호에게 말했다.

"여기까지 오면서 참으로 다행이라 생각하는 것이 있습니다."

"그게 뭡니까?"

"외교관에게 면책 특권을 주는 협약이 있습니다. 전 세계가 비준했던 협약 때문에 외교관이 죄를 지어도 주재국에서 처벌받지 않고 추방되어 자국에서 재판을 받는 협약이죠. 하지만 그 협약은 1961년에 맺어집니다."

“그렇다면 미우라를…….”

“얼마든지 처벌할 수 있습니다. 놈들이 일본에서 무죄 선고를 받는 것은 을미사변 때문에 친일 정권이 들어서면서 일어난 일입니다. 일본이 선전포고할까봐 죄인을 벌하지 못하고 송환시켰으니 말입니다.

그러나 지금은 아닙니다. 반드시 죗값을 치를 겁니다. 살아서 이 땅을 벗어날 수 없을 겁니다.”

“…….”

“이야기가 길었군요. 안으로 들어갑시다.”

죄인들에 대한 처벌을 두 사람이 기대했다. 두 사람이 이희가 준 허가증을 가지고 재판소에 들어가 방청석에 앉았다. 그리고 오전 10시부터 이뤄지는 왕후 시해 시도 사건에 관한 재판을 지켜봤다.

피고석과 검사석, 판사석에 저마다 직책에 맞는 위인들이 앉았다. 그리고 변호인석에 변호인들이 앉았다. 그들은 하나같이 죄인들을 변호해줄 일본인들이었다. 또한 재판에 참석치 않은 미우라와 일본 공사관원들을 변호해 줄 사람들이었다.

주동자인 미우라가 불참함에 방청석에 앉은 조선 관리들은 매우 괘씸하게 생각했다. 만약 그가 눈앞에 있었다면 얼굴에 주먹을 날리고 발길질을 가하고 싶은 마음이었다.

분노 어린 시선으로 피고인들을 노려봤다.

재판장이 자리에서 일어나자 법정 정면에 걸린 태극기를 사람들이 보고 가슴에 손을 얹으면서 국가의례를 했다. 물론 일본인 피고인들은 가만히 앉아 있었다. 국민의례가 끝나고 재판장이 앉음으로써 개정이 이뤄졌다. 법복을 입은 판사들과 법정의 풍경, 검사와 변호인들의 모습이 마치 조선 시대가 맞는지 의심될 지경이었다.

성한과 장성호가 판사를 주목하고 있었다. 작은 목소리로 성한에게 장성호가 물었다.

"친일파입니까?"

고개를 끄덕이면서 대답을 들었다.

"친일 인명으로 기재되었던 인물입니다. 항일의병을 상대로 형벌을 내렸던 판사입니다."

"고종 황제께서 그 사실을 모르니 재판장으로 뽑으셨군요. 저 사람의 운명이 역사대로 되지 않았으면 합니다."

'홍정억'이었다. 사간원, 사헌부, 홍문관 등에서 일하다가 법부아문 참의가 되면서 이희의 신임을 얻었던 인물이었다. 그리고 그는 역사 속에서 민족을 배반하는 위인이었다.

아직 죄가 없었기에 중용될 수 있었다. 그가 매국 행위를 벌이지 않기를 성한과 장성호가 동시에 원하고 있었다. 많은 사람의 운명이 바뀌고 있었다.

일본으로 돌아가 히로시마에서 재판을 받고 무죄 판결을

얻었어야 할 인물들이 피고석에 앉아 있었다.

쿠니토모가 고개를 돌리며 분노에 찬 조선인들을 쳐다봤다. 그리고 우범선과 이주회를 비롯한 조선인 피고인들은 식은땀을 흘리면서 자신들에게 내려질 처벌을 두려워했다.

미국 공사를 대신해 알렌이 재판을 방청하고 있었다. 그와 만국 공관원들은 조선 정부가 말하는 증거가 무엇인지 매우 궁금했다.

재판이 시작되었고 홍정억이 검사석의 검사를 불렀다.

"검사."

"예. 재판장님."

"피고인들의 혐의를 고하시오."

"예."

검사석에 앉은 검사가 자리에서 일어났다. 그의 손에 피고인들의 혐의가 쓰인 문서를 들려 있었다.

우선 자신의 신분을 사람들에게 알렸다.

"본 사건의 수사를 책임지고 있는 검사 이준입니다. 본 사건에 대하여 피고인들의 혐의를 말씀드리겠습니다."

30대 중반으로 보이는 젊은 검사였다. 그리고 법관양성소를 졸업한지 얼마 되지 않는 신입 검사였다.

이희가 특명을 내려서 승진한 자였다. 그는 자신이 어째서 그런 특권을 얻고 중차대한 사건을 맡게 됐는지 알 수 없었다.

그러나 왕실과 나라를 위한 일이었기에 맡은 바 소임을 다하며 피고인들의 혐의를 입증하려고 했다.

성한이 이준을 많이 도와줬다.

'죄인들의 증거가 이렇게나 수두룩합니다. 절대 빠져나가지 못할 겁니다. 그러니 검사님께서는 그저 죄인들의 혐의를 밝혀주시고 구형을 말씀해 주십시오.'

처음 만났었던 성한과의 대화를 기억했다. 그를 검사로 삼은 사람은 성한이었다. 성한과 이야기를 나눴을 때 이준은 직감적으로 알아차릴 수 있었다.

성한이 이준에게 필요한 증거를 보여주고 증인을 알려줬다.

그것을 통해서 죄인들이 받을 처벌을 이준은 자신했다.

방청석에 앉아 있는 성한과 눈짓을 주고받고 피고인들의 혐의를 법정에서 알리기 시작했다.

"피고인. 현 일본 공사 미우라 고로는 일본 정부의 지시를 받아 조선국 왕후 살해를 주도, 미수에 그쳤습니다. 조선국 왕후이신 중전마마를 살해하기 위해 한성신보 사장인 아다치 켄조, 공사 참모 시바 시로, 일본군 수비대 중좌 쿠스노세 유키히코 등에게 지시를 내렸고 일본인 협회인 현양사를 동원, 그에 속한 회원들로 하여금 중전마마 살해를 시도했습니다. 이는 일본 정부가 개입되지 않았다는 것

으로 위장시키기 위함입니다. 또한 훈련대 반란으로 인한 우발 사건으로 위장시키기 위해 훈련대 해산에 반감을 품었던 대대장들을 포섭, 그들에게 경복궁 공격을 지시했습니다. 군부협판 이주회를 포섭하여 피고와 가까웠던 흥선대원군을 주동자로 꾸미려 했던바 이와 같은 혐의의 증거가 명백하고 증언들이 확고하기에 본 검사는 일본 정부가 배후에 있다는 것을 알려드리며 공사 미우라가 확실한 주동자임을 말씀드립니다. 따라서 피고인들의 혐의는 부정할 수 없을 정도로 명백합니다. 이상입니다."

피고인들의 혐의를 이준이 알렸다. 조선 관리들은 주먹을 불끈 쥐면서 분개했고 우범선과 이주회는 불안에 떨면서도 일본이 자신들을 구해줄 것이라는 작디작은 희망을 가졌다.

그리고 쿠니토모와 일본인 피고인들은 오만한 시선을 드러냈다.

홍정억이 피고인들에게 혐의를 인정하는지 물었다.

"피고."

"예……."

"혐의를 인정하는가?"

역관이 일본어로 통역해줬다. 쿠니토모가 당당한 목소리로 홍정억에게 대답했다.

"인정하지 않소. 그리고 애초에 조선인들의 문제요. 조선군이 반란을 일으켜서 왕비를 죽이려 했는데 어째서 우리에게 뒤집어씌우는 것이오? 가당치 않소."

쿠니토모의 대답을 역관이 대신 전해줬다. 그 말을 듣고 방청석의 관리들이 언성을 높였다.

"개소리를……!"

"네놈들이 조선에서 개짓거릴 한 것을 알고 있어!"

"재판장님! 놈들에게 사형을 판결하셔야 됩니다!"

아우성에 홍정억이 목청을 높였다.

"조용! 소란을 벌이면 법정에서 퇴장시킬 것이오!"

"망할 쪽발이 놈들… 큭……."

"크흠."

분노한 사람들을 진정시키고 헛기침을 한번 했다. 그리고 다시 이준에게 시선을 돌렸다.

"검사. 피고인들의 혐의를 알려줄 수 있는 증거를 제출하시오."

"알겠습니다. 다만 시간이 조금 걸립니다. 기다려 주실 수 있겠습니까?"

"얼마든지……."

"증거를 제출하겠습니다."

증거 제출이 이뤄졌다. 역관이 전하는 이야기를 듣고 방청석에 앉은 공관원들이 크게 기대했다.

조선에서 그토록 말하던 증거가 무엇인지 드디어 볼 수

있겠다는 생각을 했다. 그리고 쿠니토모와 일본인 피고들은 별다른 증거가 나오지 않을 것이라고 생각했다.

법정의 문이 열리고 작은 수레처럼 생긴 책상이 사람 손에 밀려서 들어왔다.

그것을 밀고 오는 사람은 이정욱이었다.

'이제 됐졌다! 너희들은……!'

정욱이 들어오면서 회심의 미소를 지었다. 그는 이준을 도와 피고인들의 죄를 입증하려고 했다. 함께 들어온 관리들에게 검은 천으로 창문을 가려달라고 말했다.

"창문 좀 가려주세요. 빛이 있으면 잘 안 보여요."

검지로 창문을 가리켰고 사람들은 어째서 법정을 밀실처럼 만들려는지 의아했다. 웅성거리면서 서로 이야기를 나눴다. 그리고 홍정억은 굳이 법정에서의 소란을 막지 않았다.

벽면에 하얀 천이 걸리는 순간, 정욱이 책상 위의 나무상자를 살피고 거기에 난 구멍을 하얀 천에 맞췄다. 만국공관원들이 그 모습을 보며 궁금증을 가졌다. 그중 한 사람만이 정욱의 행동을 예측했다.

'설마… 주프락시스코프는 아니겠지……?'

동경에서 한양으로 건너온 영국 공관원이었다. 영국에서 그림을 움직이게 하는 것처럼 만드는 기계가 발명된 것을 알고 있었다. 급히 주위 다른 공관원들에게 어쩌면 주프락시스코프일 수도 있다는 이야기를 전했다. 그리고 그것이 뭐냐고 상세한 설명을 요구받았다.

소란이 이뤄지는 사이 정욱이 나무상자 속에 숨겨진 빔 프로젝터 설치를 끝냈다. 배터리를 통한 내부전원으로 빔 프로젝터를 작동시켰고 어두컴컴해진 법정이 환하게 밝혀졌다. 그 뒤로 사람들의 입에서 탄성이 흘러나왔다.

"우…움직인다?!"

"소리까지 나!"

"서…설마, 생시인가……?!"

너무 놀라서 심장마비가 일어날 지경이었다. 재판장인 홍정억도 방청석에 앉은 조선 관리도 심지어 신문물을 가장 가까이에서 알고 있는 다른 나라 공관원들도 입을 크게 벌렸다.

영국 공관원은 자신의 생각이 틀렸다고 생각했다.

'주프락시스코프보다 훨씬 진보되었다! 조선이 어떻게 이런 걸……?!'

"세상에……!"

"맙소사……!"

탄성이 그치지 않았다. 반면에 성한과 장성호, 정욱과 미리 증거를 알고 있는 이준은 비교적 담담한 모습으로 천에 나타나는 영상을 지켜봤다. 법정에서 이주회와 미우라의 목소리가 울려 퍼졌다.

—마지막 발악이오. 중전을 죽이고 민씨 가문을 누르면 더 이상 일본과 불편한 관계를 이룰 필요가 없소. 청나라가 이 땅에 왔듯이 러시아군이 올 이유도 없을 거요. 부디 도와주시오.

—우리와 협력한 조선인들은 아국 정부 차원에서 반드시 지켜주겠소. 훈련대에서 궁궐을 포위하면 한성신보 사장이 사원들과 함께 궐에 들어갈 것이오. 여우를 사냥하면 2대대장이 시신을 태우시오. 조선 군부 협판은 오카모토 대위와 함께 흥선대원군을 경복궁으로 모셔오시오.

—겨…경복궁에 말이오……?

—그가 모든 책임을 지게 될 거요. 왕실 내전으로 꾸미고 군부 협판은 빠지면 되오.

'이런! 씨팔!'

이주회의 눈이 튀어나올 만큼 커다래졌다. 활짝 열린 입이 다물어지지 않았다. 숨이 쉬어지지 않을 만큼의 답답함과 속쓰림이 몰려왔다. 마치 독사 한마리가 목구멍 속으로 기어들어가서 물어뜯는 것 같았다.

일본인 변호인들은 천에서 펼쳐지는 영상을 보고 사고 정지를 일으킬 수밖에 없었다.

어떤 논리로 미우라를 지켜야 할지 알 수 없었다. 무엇보다 영상으로 보는 신세계의 향연, 사진을 움직이게 만들고 소리까지 내게 만드는 신문물에 압도당했다.

넋 나간 정신을 차리기까지는 다소 시간이 걸렸다.

그리고 충격에서 조금 벗어났을 때 일본이 정말로 큰일 났다는 생각이 들었다.

방청석의 공관원들이 영상을 지켜보고 있었다.

그 모습을 보고 변호인들은 공황이 일어날 것 같았다.

이주회는 아예 게거품을 물고 쓰러졌다.

"이…이보시오! 협판 대감! 재판장님! 군부협판이 쓰러졌습니다!"

우범선만이 거품을 물고 쓰러진 이주회를 챙겼다.

홍정억이 법정 내 관리들을 불러서 이주회를 후송하게 했다. 그리고 두근거리는 심장을 움켜쥐고 이준이 증거로 제출한 영상을 계속 지켜봤다.

죄인들이 당황하는 모습을 성한과 장성호가 지켜보고 있었다. 그 모습을 보고 통쾌하지 않을 수 없었다.

사람들은 미우라가 암살 계획을 세우는 것을 시작으로 경복궁에서 전투가 일어나는 것을 곁에서 지켜본 것처럼 목격하게 됐다.

때문에 머릿속에 정리했던 사건 경위들이 날아갈 것 같았다.

이성을 잃고 감정적일 수밖에 없었고 특히 민자영을 죽이기 위해서 낭인들이 칼을 들었을 땐 분위기가 매우 험악해졌다.

방청석 여기저기에서 욕설이 튀어나왔다.

"야. 이, 개새끼들아! 네놈들이 사람 새끼더냐?!"

"조선 땅에서 뭐 하는 짓거리들이야?!"

"씨팔놈들아!"

"쪽발이… 이 개같은 놈들!"

어미욕, 아비욕 심지어 성기욕까지 튀어나왔다. 그리고 욕을 토해내는 사람들은 전부 관리로 등용되어 나랏일을 보는 사람들이었다.

자고로 양반이라 함은 예의 지키기를 목숨처럼 여기는 사람들이었다. 그런 사람들이 크게 분노할 정도로 실감 넘치는 증거였다.

법정의 관리들이 아우성치는 사람들을 진정시켰다.

영상이 끝나자 피고인들은 자신들이 헛것을 봤다고 최면을 걸었다. 그리고 이는 변호인들도 마찬가지였다.

나머지 사람들은 일본 정부가 주도해서 조선의 왕후를 죽이려 했다고 생각할 수밖에 없었다. 그 분위기가 일본인 변호인들에게 그대로 전해졌다. 당황이 밀려오는 가운데 홍정억이 변호인들을 불렀다.

"변호인."

"……."

"변호인!"

"예……!"

두번 불러야 대답할 수 있을 정도로 넋이 나가 있었다.

홍정억이 변호인들에게 변론을 요구했다.

"검사가 제출한 증거가 이러한데… 변호인들은 무어라 변명하겠소? 말해 보시오."

충격의 여운이 가시지 않아 엄해야 할 홍정억의 목소리도 떨리고 있었다. 변호인들이 서로 수군거리다가 무고하다는 입장을 취했다.

그런데 그들이 지켜야 할 대상이 완전히 달라졌다.

"이…일본 정부는 관계가 없습니다! 피고인들끼리 독단으로 일으킨 사건입니다! 우리 정부와는 전혀 관계가 없습니다!"

"……."

피고인들의 변론을 듣고 성한과 장성호가 진한 미소를 지었다.

사람들은 그들의 변론을 듣고 기막혀했다.

변호인들이 만드는 일본 정부의 탈출구를 이준이 막으려 했다.

그는 일어나서 나머지 증거를 제출했다.

"존경하는 재판장님, 두번째 증거가 있습니다. 일본 정부가 일본 공사관에 지령으로 내린 지령문이 있습니다. 여기 증거를 제출하겠습니다."

"……?!"

전혀 예상하지 못한 증거였다. 이준의 증거 제출에 이번에는 변호인들이 게거품을 물어야 할 판이었다.

홍정억이 두번째 증거를 받고 지령문을 살폈다.

그 안의 일본어를 해석하고 공사관 도장과 일본 정부 기관의 도장이 찍혀 있는 것을 봤다. '대외비'라 쓰여 있는 한자까지 확인했다.

방청석에 앉아 있는 공관원들에게 홍정억이 흥분을 감추며 말했다.

"증거를 채택하겠소. 그리고 방청석에 관전하고 있는 외국 공관원들에게 고하오. 이 증거가 일본 글로 쓰여 있기에 조선에서 이를 해석해도 결국 우리가 자의적으로 번역했다는 주장이 나올 수 있소. 따라서 외국 공관에서 원한다면, 증거를 공개하고 번역을 맡기겠소. 지금은 이 법정의 재판장으로서 증거를 채택하겠소."

부정하기가 쉽지 않은 물증이었다. 일본 정부가 지령을 내렸다는 증거까지 나오자 변호인들은 사색이 되었고 피고석에 앉은 일본인 피고들도 기가 막힌다는 표정을 지었다.

증거 제출이 끝나고 이준이 피고인들의 혐의 입증에 쐐기를 박았다.

"증인이 있습니다. 당시 경복궁에서 중전마마를 살해하려고 일본인들이 궁에 난입했을 때, 그들을 본 사람이 있습니다. 증인의 증언을 허락해 주십시오."

"증인은 앞으로 나오시오."

재판장이 증인의 발언을 허락했다. 그러자 금발에 파란 눈동자를 가진 서양인이 관리의 호송을 받으며 증인석에 올라섰다.

홍정억이 서양인에게 신분을 물었다. 역관이 통역했다.

"증인. 성명을 말하시오."

"아파나시 이바노비치 세레딘 사바틴입니다."

"증인은 선서하시오. 법정에서 오직 진실만을 말할 것이오?"

"오직 진실만을 말하겠습니다."

"좋소. 증인은 사건 당시 궁궐에서 무엇을 하고 있었소?"

홍정억이 사바틴에게 행적을 물었다. 그리고 사바틴이 사건 당시 궁궐에 있었던 이유를 말했다.

"전하의 어명을 받아 궁궐 부지를 조사하고 있었습니다. 전하께서는 궁궐 신축이 가능한지 알아보라 하셨습니다. 민심을 고려해서 일을 비밀로 진행하기 위해 밤에 살피고 있었는데, 그때 반군이 쳐들어왔고 위협을 느껴 몸을 숨겼습니다. 그곳이 바로 곤녕합이었습니다. 그곳에서 일본인들이 칼로 중전마마를 살해하려던 모습을 목격했습니다."

"아까 전의 증거들은 확실한 증거인가?"

“지령문은 모르겠습니다. 그러나 움직이는 사진은 확실합니다. 제가 본것과 똑같습니다.”

젊은 건축가인 사바틴의 증언이 이준이 제출한 증거에 신뢰를 더해줬다.

죄지은 자들은 전전긍긍했고 성난 조선 관리들은 검사의 구형을 기다렸다.

이준이 죄인들의 형량을 구형했다. 홍정억이 구형된 형량을 문서로 확인하고 바로 판결을 내렸다.

역사 속에서 친일 판사가 되어야 하는 홍정억이 주문(主文)을 읽어 내렸다.

“주문, 1895년 8월 20일 오전에 있었던 조선 왕후 시해 시도 사건에 관하여, 피고인들은 배후 지령을 받고 사전 계획을 세운 뒤 훈련대 연대장 홍계훈을 살해하고 다수 시위대 장병들을 살해함과 더불어 궁녀와 관리를 살해하고 왕후 시해 시도를 한 혐의가 있는 바, 그 혐의는 제출된 증거와 증인의 증언으로 입증이 되었다. 이를 근거로 피고인들의 혐의는 유죄로 판결되며 대역죄와 살인죄, 왕실살인 시도 및 살인교사죄, 내란과 내란 유도죄 등에 모두 해당된다. 이에 적극 참여한 이는 마땅히 중형을 선고 받아야 하며, 지시를 받아 이행한 죄인. 특히, 훈련대 소대장 이하 계급을 지닌 지휘관들은 죽음 면하나 마땅히 죄의 무게를 책임으로 받아들여야 할 것이다. 따라서 국내외를 가리지 않고 스기무라를 비롯한 피고인 16명에게 종신형을 선고한다. 또한, 우범선과 이주회, 미우라, 쿠니토모 외 41명에게 사형을 선고하는 바이다."

"…와아아아!"

"사형이다! 사형! 죄인들이 죽는다!"

"대 조선국! 만세! 만세! 만세!"

"조선이 이겼군."

조일 양국의 승패가 갈리고 알렌을 비롯한 만국 공사관원들이 인정하면서 일어났다. 조선 관리들은 죄인에 대한 사형 판결에 함성을 지르며 크게 기뻐했다.

법정을 지키는 장병들과 교도관들이 피고석에 앉아 있던 죄인들의 몸을 붙들었다.

우범선과 이주회 등은 기겁하며 몸부림 쳤고 쿠니토모를 비롯한 일본인들은 고함을 지르며 조선에 대한 저주를 퍼부었다.

그들은 조선인들로부터 욕을 먹으면서 법정에서 끌려 나갔다.

철창으로 이뤄진 마차가 준비됐고 그 안으로 죄인들이 갇혀서 압송됐다.

성한이 장성호와 함께 조용히 법정에서 나갔다.

한양에서 만세 소리가 울려 퍼졌다.

그 소리를 공사관에 있던 미우라와 공관원들이 들었다. 창가에서 하늘에 울려 퍼지는 천명(天命)을 들으며 조선인들의 환호에 죄인들이 불길해했다.

미우라의 미간이 잔뜩 찌푸려졌다.

'설마… 유죄 판결이 난 것은 아니겠지…….'

최악의 상황을 생각했다.

그러나 그럴 가능성이 없다고 스스로를 세뇌시켰다.

'그럴 리 없다! 유죄 판결을 내리고 사형을 선고한다고?! 그렇게 되면 그날 부로 일본과 조선은 전쟁이다! 조선인 판사와 왕이 아무리 멍청해도 절대 그런 짓은 저지르지 않을 거야!'

겁쟁이 나라 조선이 일본과 전쟁을 치를 각오로 처벌을 하지 않을 것이라고 생각했다.

그런 논리로 방금 전 함성은 다른 일로 인한 것이라 생각했다. 우범선과 이주회에 대한 처벌로 사건이 마무리 될 것이라고 생각했다.

그렇게 생각할 때 창살이 채워진 마차가 오는 것을 봤다.

그것은 마치 사자(使者)가 끌고 오는 마차처럼 보였다. 온몸에서 소름이 일어났고 제대로 숨이 쉬어지지 않았다.

방문이 열리면서 경무청의 순사들이 들이닥쳤다.

"체포해라!"

관복을 입은 내부대신이 명령했다.

민영달의 지시를 받아 순사들이 문 앞에 있던 스기무라를 체포했다. 당황한 스기무라가 미우라를 부르짖었다.

"공사! 피하셔야 됩니다!"

이미 독안의 든 쥐였다. 도망칠 수 있는 곳은 없었고 들이닥친 순사를 물리칠 수도 없었다.

그대로 팔이 붙들리고 포승줄에 몸이 묶였다. 미우라가 일갈하며 민영달과 순사들을 저주했다.

"이 중 어느 한놈도 곱게 죽지 못할 것이다! 너희 조선은 대일본제국의 영원한 식민지가 될 것이다!"

토혈에 가까운 외침을 쏟아냈다. 그러나 그 중 어느 누구도 미우라가 퍼붓는 저주를 알아들을 수 없었다.

그와 스기무라를 비롯해서 공관에 머물고 있던 죄인들이 끌려 나갔다. 그리고 그들은 이내 형장으로 끌려갔다. 변호인을 앞세워서 법정에 출두하지 않았었던 미우라는 자신이 왕후 살해를 주도한 죄로 사형 선고를 받았다는 사실을 뒤늦게 알았다.

종로 부근에 경무청에서 관리하는 '감옥서'가 있었다. 감옥서 뒤뜰에 사형수를 처형하는 형장이 있었고 그곳에 사형 판결을 받은 죄인들이 끌려왔다.

형장 입구 문 앞에서 이주회가 다시 실금을 하며 벌벌 떨었다. 간수들이 그의 팔을 붙들고 안으로 끌고 들어가는 것을 지켜봤다. 끌려가는 이주회가 다리에 잔뜩 힘을 주며

발버둥질 했다. 그러나 결국 교수대 위에 올라섰다.

집행장이 유언을 이주회에게 물었다.

"남길 말이 있는가?"

눈물로 얼굴을 적신 이주회가 회한에 찬 말을 남겼다.

"잘못했습니다… 다시는 그러지 않겠습니다… 그러니 제발 살려 주십시오……."

이미 늦은 후회였다.

이주회의 유언을 들은 집행장은 두건을 씌우고 목에 줄을 걸라고 집행인들에게 지시했다. 목에 줄이 걸리자마자 교수대의 바닥이 꺼졌다. 이주회가 허공에서 몸에 안에 있던 모든 것을 쏟아내고 흉측하게 죽었다.

그가 죽어서 밖으로 실려 나가는 것을 미우라와 일본인 사형수들이 지켜봤다. 자신들이 정말로 처형당할 것이라고 믿어지지 않았다.

약소국인 조선이 강대국인 일본을 상대로 그럴 수 없다 계속 여기고 있었다. 그리고 그런 세뇌가 깨졌다.

"조선인 따위가 어디 대일본제국의 신민의 몸에 손을 대는가?!"

퍽!

"큭! 고…공사! 공사!"

스기무라가 끌려가는 미우라를 막으려다 곤봉을 맞았다.

그가 미우라를 부르짖었고 형장에 끌려가는 미우라는 재갈이 물려 있어서 아무 말도 못하고 발버둥질 했다.

그리고 그 또한 교수대 위에 서게 됐다.

자신이 죽음 직전에 처했음에도 조선에 대한 비하와 저주의식을 가졌다.

집행장을 매섭게 노려보면서 그의 자손이 끊어지는 불행이 찾아오기를 속으로 빌었다.

조선 만민에 역사에 유례없는 고통과 괴로움이 찾아오길 원했다. 그리고 그것은 일본으로 인해서 일어나길 간절히 소망했다.

그런 미우라에게 집행장이 유언을 물었다.

역관이 통역을 준비하고 있었다.

그때 형장이 문이 열리면서 시위대 병사들이 들어왔다.

미우라의 눈이 휘둥그레졌다.

"삼포오루. 감히 날 죽이려 했는가?"

"……."

"날 죽여서 이 나라에 친일 정부를 세우고, 이어서 조선을 식민지로 삼고 서양과 전쟁을 치러서 이기려 하는 너희 일본 위정자들의 계획을 알고 있다. 그러나 그 일은 절대 있을 수 없을 거다. 나와 이 나라 왕실만이 아니라, 하나가 된 조선이 너희 일본의 계획을 송두리째 부숴버릴 거다. 그 대업을 지옥에서 지켜 보거라."

"으읍…! 으읍!"

민자영이 이하응과 함께 형장에 들어왔다.

두 사람이 힘을 합친 모습을 보면서 미우라가 악을 쓰며 저주의 말을 늘어놓으려 했다.

그러나 재갈 때문에 신음성만 흘러 나왔다.

증오심이 가득 담긴 시선이 검은 두건에 가려지고 거친 숨소리조차 목에 걸린 줄에 의해서 지워졌다.

교수대가 덜컥— 내려가면서 미우라의 몸이 공중에 떠올랐다. 그리고 이내 그의 모든 변이 바닥에 쏟아졌다.

처형당한 미우라의 시신이 나오고 스기무라와 쿠니토모를 비롯한 일본인 사형수들도 형 집행을 당하면서 약소국을 능멸한 죗값을 치렀다.

군인이었던 우범선과 반란을 일으켰던 사형수는 총살로 비참한 인생을 마감했다.

죄인들이 죽은 소식이 협길당의 이희에게 전해졌다.

"사형수들이 처형당했습니다. 종신형을 선고 받은 죄인들은 모두 한성 감옥서에 투옥되었습니다. 죽기 전까지 석방되는 일은 없을 겁니다."

민영달이 죄인들의 처분을 이희에게 알렸다.

보고를 받은 이희가 차분하게 커피 잔을 들고 맛을 음미했다. 그리고 민영달에게 물었다.

"총리는 무어라 하든가?"

"처음에는 당황했지만 확실한 일본의 범죄를 증명할 확실한 물증 덕분에 일본에 맞설 수 있다고 말했습니다. 급히 외부대신 서리를 불렀습니다."

"……."

"뭔가 불편하신지요?"

"아니. 아닐세. 잠시 생각하느라고 그랬네. 총리와 외부대신 서리에게 수고해달라고 과인의 말을 전해주게."

"예. 전하. 이만 물러나겠습니다."

자리에서 일어난 민영달이 이희에게 허리를 굽히고 물러났다.

그가 나간 후 옆방의 문이 열리면서 성한과 장성호가 모습을 드러냈다. 두 사람이 이희 앞에 마주앉았다.

집옥재와 협길당 주위로 성혁의 소대원들이 경계하며 비화가 이뤄질 수 있게 했다.

이희가 두 사람에게 물었다.

"아무래도 박정양은 나라를 팔아먹지 않겠군. 과인의 판단이 맞는가?"

이희의 물음에 성한이 대답했다.

"총리의 행동이 모든것을 증명합니다. 일본을 배워야 하는 것이 친일처럼 보이지만, 어쩌면 그것은 나라를 위한 일일 수도 있습니다. 중요한 것은 일본에 맞설 줄 아느냐 맞서지 않느냐 입니다. 굴복하는 자를 비판할 줄 안다면

친일의 탈을 쓴 충신일 가능성이 높습니다. 박정양은 그럴 가능성이 높은 인물입니다."

"역사를 통해 그가 어떤 인물인지 알면서 쉽게 이야기해 주지 않는군. 어쨌든 알겠네. 그가 과인의 충신이라는 것을 알겠어. 그런 행동을 보여주니 말야. 해서, 이제 어찌될 것이라 생각하는가? 일본이 조선을 상대로 어떻게 나오겠는가?"

다시 이희가 물었고 이번에는 장성호가 대답했다.

"유 과장과 미리 이야기해 함께 내린 결론입니다. 아마도 일본은 우리가 내세운 증거들이 날조되었다고 할 겁니다. 증인 또한 매수했다고 주장할 겁니다."

"세상이 다 아는데도 그렇게 할 것인가 보군."

"100년 뒤에도 같았고 200년 뒤에도 같았습니다. 그만하면 습성이라 여겨집니다. 사람이 아니라 짐승의 습성 말입니다. 그래서 똑같은 반응을 보일 것이고 아마도 조선에 정부 차원에서의 사과 요구와 종신형을 선고 받은 자국인들을 풀어 달라고 말할 겁니다. 배상 요구도 함께 말입니다. 그렇지 않으면……."

"전쟁인가?"

"선전포고하겠다고 위협할 겁니다. 하지만 경고에 그칠 겁니다."

이어서 성한이 말했다.

"재판에서 외국 공관원들이 지켜봤습니다. 명백한 증거가 있기에 함부로 일본이 전쟁 운운하지 못하게 막을 겁니다. 특히 러시아, 아라사가 말이죠. 아직은 일본이 아라사를 이길 수 없습니다."

장성호가 다시 이야기를 이었다.

"아라사 또한 조선을 식민지로 삼으려 할 수 있습니다. 하지만 당장은 아닙니다. 남쪽에서 영국이 버티고 있기 때문입니다. 그래서 다른 나라가 조선을 식민지로 삼는 걸 차단하는 선에서 전략을 세울 겁니다. 일본이 전쟁을 선포하면 러시아가 일본에 선전포고할 거라고 엄포를 놓을 겁니다. 재판에서 공개된 물증 덕분에 명분까지 손에 쥐고 말입니다. 설령 경고가 공갈이라 하더라도 일본은 만일의 가능성 때문에 선전포고할 수 없게 됩니다."

성한이 결론을 내리면서 앞으로 세울 전략을 알렸다.

"개전은 강국이 결정해도 결국 명분 싸움입니다. 명분이 있어야 전쟁을 치를 수 있습니다. 비록 우리가 일본을 상대로 전쟁에서 이길 수 없지만, 조선에 주둔하고 있는 일본군이라면 이야기가 다릅니다."

"추방하자는 이야기인가?"

"예. 세상의 어떤 나라도 일본 외에 이의를 제기할 수 없습니다. 그러나 그것이 전하께서 삼으셔야 할 최종목표는 아닙니다."

"어떤게 최종목표인가?"

"여태 견디셨던 치욕의 굴레를 끊으시는 것입니다. 역리를 순리로 돌리셔야 합니다. 잘못 꿴 첫 단추를 다시 제자리로 돌리셔야 됩니다. 그것으로 조선의 미래는 창대해질 겁니다."

"……."

성한의 이야기를 듣고 이희가 이해했다.

19년 전, 강화도에 일본군이 와서 불법 측량을 벌였고 진지를 지키던 조선군이 경고로 포격하면서 교전이 벌어졌다.

그 일을 구실로 일본이 조선에 개항을 요구했고 조선이 불리한 조약을 맺었다.

내용에는 개항장에서의 치외법권, 일본 화폐 유통, 조선 연안 측량 등이 포함되어 있었다.

일본에 전적으로 유리한 조약의 내용은 차후 조선이 다른 나라와 맺는 조약에도 영향을 줬다.

열강에 약하고 우습게 보이는 나라가 되면서 식민지배가 가능할 것이라는 인식을 심어줬다. 그 끈을 이제 끊어야 했다.

이희가 성한에게 결심을 드러냈다.

"본래대로 돌릴 것이다. 일본과의 관계는 그들이 자신들의 잘못을 인정하고 사과하고 배상하는 것에서부터 시작될 것이다. 그 이전에 화해는 절대 없다."

불행의 시작점을 지우고 당당히 일어나려고 했다.

조선에서 일어난 일들이 삼국을 거쳐서 일본에 전해지기 시작했다.

아직 재판 결과가 전해지지 않았을 때였다.

이토를 비롯한 일본 정부의 대신들은 조선 정부의 대답을 기다리며 기세등등하게 다음 조치를 준비하고 있었다.

태정관 회의실에 이토와 무쓰, 이노우에, 육군대신 '오야마 이와오', 해군대신 '사이고 쓰구미치' 등이 모였다.

이토가 외무대신인 무쓰에게 물었다.

"아직 조선의 대답은 없는가?"

"아직 없습니다."

"조선에서 말하는 증거에 대해선……?"

"그 증거가 무엇인지 아직 파악되지 않았습니다. 삼국을 통해 들어온 소식에 의하면 미리 증거를 노출시키지 않으려고 법관양성소를 막 졸업한 신입에게 맡겼다고 합니다. 검사보좌관이 되어야할 신입을 검사로 승진시켰다고 합니다."

무쓰의 대답을 듣고 오야마가 비웃었다.

"이상한 짓을 벌이는군. 경계할 필요가 없을 것 같소. 실력 없는 검사에 증거도 변변치 않을 테니… 만약 폐하의 신민을 함부로 처벌하는 짓을 벌인다면 만국이 조선을 규

탄하고 우리는 당당하게 전쟁을 치를 수 있소. 그래서 미리 전쟁 준비를 하라고 군령이 내려진 것이 아니오? 청나라를 상대하는 것보다 손쉽게 조선을 상대할 수 있소."

동글 넙적한 외모를 지닌 오야마에 이어서 눈썹과 수염이 짙은 해군대신이 말했다.

"함정 정비도 모두 끝났소. 출항 명령만 떨어지면 언제든지 조선을 불바다로 만들 수 있소. 우리 대일본국을 상대로 조선은 큰 실수를 한 거요."

모두가 자신감에 찬 모습을 보이며 조선과 전쟁을 치르는 상상을 했다. 혹은 피고가 된 일본인들을 처벌하지 못하고 막대한 배상금을 물릴 것이라 생각했다.

그 후로도 조선에 더 많은 군대를 보내 왕인 이희를 겁박하고 다시 민자영을 죽일 수 있다 생각했다.

그렇게 생각하고 있을 때 이노우에가 근심 가득한 표정을 지었다. 미간에 잔뜩 힘을 주고 생각에 잠겼다.

무쓰가 이노우에게 물었다.

"무엇을 그리 생각하십니까?"

입을 열며 이노우에가 대신들에게 말했다.

"여기 있는 대신 중에서 어느 누구 할 것 없이 우리가 이긴다는 것을 가정하고 있소. 그래서 묻는 것인데… 조선이 이기는 것을 가정해봤소?"

이토가 물었다.

"…이긴다면 어떻게 말이오?"

"조선이 감추는 증거가 치명적인 증거일 경우를 말이오. 거기에 대해서 대응할 준비는 되었소?"

"……."

"우리가 예상 못한 반격을 조선이 벌이게 되면 눈 뜬 채로 코가 베일 수 있소. 아니 그렇소?"

이노우에의 물음에 회의실에 있던 모든 사람이 멍해졌다. 누구도 거기에 대해서 생각해보거나 대응해야 한다는 생각을 하지 않았다.

그때 문이 벌컥 열리면서 외무성의 관리가 들어와 보고했다.

"급보입니다! 조선이 미우라 공사를 처형했습니다!"

"뭣이……?!"

"재판의 증거로 모든 혐의가 입증됐다 합니다! 그래서 피고들에게 사형과 종신형을……!"

"바보 같은! 정말로 조선이 우리 신민을 처형했단 말인가?!"

"예…! 총리대신!"

"어떻게 이런 일이……!"

보고를 듣고도 쉽게 믿어지지 않았다.

조선이 일본인 피고들에게 사형을 선고할 것이라곤 예상하지 못했다. 그것은 전쟁을 선포하는 것이었다.

궁지에 몰린 쥐가 고양이의 코를 물었다고 생각했다. 오야마와 사이고에게 이토가 전쟁을 준비하라고 말했다.

"천황 폐하께 조선이 벌인 만행을 전해드리겠소. 속히 조선으로 출정할 준비를 하시오. 내년에 조선은 더 이상 지도에 표기 되지 않을 것이오!"

"알겠소!"

그리고 무쓰에게 열강의 지지를 얻으라고 말했다.

"영국, 미국, 프랑스 등에게 조선이 부당하게 우리 국민을 죽였다고 알리게! 그리고 우리의 전쟁 수행이 매우 합당하며 누구도 부정할 수 없는 명분을 가지고 있음을 전하게! 감히 천황 폐하의 신민을 건드리고 무사해선 아니 될 것이야!"

"예! 총리대신!"

개전 준비를 서두르는 가운데서 또 한명의 외무관리가 들어왔다.

"보고 드립니다! 러시아 공사관에서 우리 정부에 경고를 전했습니다! 조선에 출정이 이뤄질 경우 무고한 나라를 침략하는 것으로 간주해 대일 선전포고를 할 것이라 합니다!"

"뭐라고……?!"

"미국 공사관에서의 공표도 있었습니다! '일본은 더 이상 조선의 내정에 간섭하지 않기를 원한다'고 말입니다…! 청나라는 조선의 왕비를 살해 시도한 것에 대해서 맹비난을 가했습니다! 다수의 나라가 조선 편을 들고 있습니다!"

"……?!"

연이어 날아든 보고에 망치로 머리를 얻어맞는 듯한 느낌을 받았다.

예상 밖의 상황이 전개되기 시작했다.

외무성 관리의 보고가 환청이 되어 귓가에서 맴돌았다.

오야마가 노성을 일으키며 조선 편에 선 나라들에 대해 분개했다.

"놈들이 어째서 조선 편을 들어?! 뭘 근거로?!"

"공사의 혐의가… 입증됐다 합니다…!"

"뭐?!"

"조선이 준비한 증거가, 움직이는 사진이었다고 합니다! 공사가 훈련대 대대장을 포섭하는 순간과 한성신보 사장과 계획을 세우고 궁궐에서 왕비를 죽이려던 순간까지 모두 사진에 기록되었다 합니다! 거기에 목소리까지 녹음되어서 사람들에게 공개됐다 합니다! 공사관의 지령문도 탈취되어서 공개되었다 합니다!"

"……?!"

"미국 공사관이 이를 알렸습니다!"

충격에 충격이 이어지고 있었다.

보고를 전한 관리의 이야기가 믿어지지 않았다.

"움직이는 사진이라니……?!"

사이고가 물었고 외무성 관리가 대답했다.

"자…잘 모르겠습니다. 하지만 다른 나라 공관에 물어본바, 그 사진을 어떻게 구했는지, 어떻게 보였는지에 대해서 여러 말이 나오고 있습니다. 하지만 중요한 것은 조선 주재 공관원들이 일치된 이야기를 전했다 합니다."

"어떤 이야기를 말인가?"

"미우라 공사가 계획해서 조선군을 끌어들이고 현양사로 하여금 왕비를 살해하려 한 것이 사실이라고……."

"바보같은……!"

"지령문을 보고 우리 정부가 지시를 내린 것으로 판단하고 있다 합니다. 많은 나라들이 우리가 한 것으로 여기고 있습니다. 해군대신."

"……."

"제가 착각해서 잘못 전해드린 것은 절대 없습니다."

관리가 전한 보고가 진짜인 것 같았다. 그로 인해 이노우에의 노파심이 현실이 되고 있었다.

보고를 전한 관리의 말이 계속 믿어지지 않았지만 그렇다고 해서 현실이 바뀌는 것은 아니었다.

일본은 궁지에 몰려 있었다. 그리고 그러한 일을 벌인 자들에 대해서 생각하게 됐다.

조선에 갑자기 나타난 무리들이 있었다.

“천군… 설마 그놈들이 우릴 상대로 벌인 짓인가……?”

있을 수 없다고 여겼던 존재가 하나 있었다. 그 존재를 되뇌던 이토를 보고 이노우에가 말했다.

“이정도로 철저하게 깨진 적이 없소. 조선 배후에 뭔가 있는 것만큼은 확실하오. 알아볼 필요성은 분명히 있소.”

“이젠 모든 가능성을 열어두어야겠군… 하지만 무엇보다 급한 것은 작금에 벌어진 주위의 정세요. 설마 미국이 조선 편을 들 줄은 생각 못했소.”

수심 가득한 목소리로 이토가 관리에게 물었다.

“영국은? 영국 공사관에서 알린 것은 없는가?”

그의 물음에 외무성 관리가 떨리는 목소리로 심히 힘들게 대답했다.

“우리가 조선에 선전포고를 했을 때 러시아가 선전포고를 하면 우리를 돕지 않겠다고 합니다.”

“…….”

“따라서 절대 조선에 전쟁을 걸면 안 된다고 알려왔습니다.”

대답을 듣고 오야마가 자리에서 벌떡 일어났다.

“빌어먹을! 이런 개같은 경우를 봤나! 총리대신! 무시하시오! 폐하의 충신이 살해당하고 우리 신민이 죽임을 당했는데 복수해야 되오! 그렇지 않으면 사가들이 우릴 겁쟁이라 여길 것이오!"

"……."

"총리대신! 선전포고를……!"

"그만."

"총리대신!"

"그만하시오! 일본을 멸망의 구렁텅이로 밀어 넣고 싶소?! 정세가 이러한데 전쟁은 무슨 전쟁?! 정 억울하면 동경에 거주하는 조선인들을 죽이든가! 그러나 이것만큼은 알아야할 거요! 육군대신이 못 참아 조선인을 죽이면 나는 이 나라를 구하기 위해 육군대신을 체포하고 처벌할 것이오! 아시겠소!"

"똥같은……!"

"진정하시오! 지금 상황에서 우리가 할 수 있는 최선의 수를 찾아야 하오! 놈들의 반격을 반드시 막아야 하오!"

고성 끝에 조선이 반격을 벌인 것을 인식했다.

그리고 언제나 공격의 위치에 섰던 일본이 이제 명분을 앞세운 조선의 공세를 막아야 한다고 생각했다.

이토가 총리의 권위로 군부의 두 수장을 진정시켰다. 그리고 냉철하게 생각했다. 일본이 할 수 있는 최소의 수를 찾아보려 했다. 그러나 보이지 않았다.

"일단 잡아떼야 하오. 우리가 왕비를 죽이라고 지시를 내린 것을 인정하면, 그 땐 더 큰 문제가 발생하오."

이노우에의 조언을 듣고 이토가 무쓰에게 지시했다.

"군함이 없는 조선이 우릴 상대로 전쟁을 걸 리 만무하다. 러시아가 조선을 도울 수 있지만 우리가 선전포고를 하지 않은 상태에서 영국의 반발을 무시하고 조선을 군사적으로 지원할 수 없을 거야. 그러니 조선이 우리에게 잘못을 묻고 배상을 요구한다면 미우라가 독단으로 벌인 일이라고 주장하게."

"지령문은… 어찌합니까?"

"날조된 증거라고 주장하게! 이를 비웃는 나라도 있겠지만 진짜라고 인정하는 것보단 훨씬 나아! 그래야 후일을 도모할 수 있어! 죽은 미우라의 명예는 그때 지켜도 무방하네! 알겠는가?"

"예… 총리대신."

"절대 우리가 인정하는 것처럼 여겨져선 아니 될 것이네!"

최악을 피하기 위해 차악을 택할 수밖에 없었다.

이토의 지시를 무쓰가 받들었다.

이내 하루만에 일본 정부의 입장을 만국 공사관에 전했다.

전쟁을 치러서 조선에 원정을 벌이겠다는 수는 러시아의 전쟁 경고와 영국의 경고로 완전히 차단되었다.

이범진이 환하게 웃으며 협길당으로 향했다. 민자영과

이하응과 이희와 함께 있는 가운데, 세 사람에게 인사하고 일본 정부의 공표를 전하기 시작했다.

입가에서 미소가 떠날 줄을 몰랐다.

"미우라 공사가 벌인 범죄에 대해 일본 정부는 절대 연관되지 않으며 한성재판소에서 제출된 증거에 관해서도 악의적으로 날조된 증거라는 것을 공표하는 바다. 이를 통해 일본 정부는 무관하다. 이렇게 동경의 만국 공사관을 상대로 공표했습니다."

"우리가 수비대를 공격하고 일본인을 체포, 처벌한 것에 대해서는……?"

"일절 언급이 없습니다! 이미 미우라가 벌인 짓이라는 것을 인정했습니다! 때문에 우리에게 배상을 물을 수 없습니다! 우리가 이겼습니다! 전하!"

이범진의 보고를 듣고 이희도 따라 환하게 웃었다.

이하응이 주먹을 불끈 쥐었다. 당당한 조선을 꿈꾸며 외세를 이기는 것만을 원했던 그는 처음으로 열강을 상대로 제대로 된 승리를 얻게 됐다.

이대로 죽어도 여한이 없을 것 같았다. 아니, 앞으로 더 많은 승리를 취하는 모습이 보고 싶었다.

이하응과 마찬가지로 민자영도 일본이 굽신거리는 것을 듣고 통쾌하게 여겼다.

협길당 방 한쪽에 성한과 장성호가 앉아 있었다. 성한이 이희에게 다음의 조치를 취해야 된다고 말했다.

“대세는 우리에게 있고 일본은 선전포고를 할 수 없습니다. 외부를 통해서 일본 정부의 잘못 인정과 사과, 책임을 요구하셔야 됩니다. 교육을 통해 이 일이 있었다는 것을 철저히 후대에 알리고 반성하겠다는 뜻을 받으셔야 됩니다. 그리고 배상을 요구하시옵소서. 절대 잘못을 인정치 않을 것이니 일본의 대답을 듣고 이어서 후속 조치를 내리시면 됩니다.”

이희가 고개를 끄덕이고 이범진에게 명했다.

“서리 외부대신은 속히 과인의 어명을 따라 일본에게 책임을 물으라.”

“예! 전하!”

여전히 성한과 장성호의 정체가 궁금했지만 조선을 위해 급한 일부터 하고자했다.

협길당에서 이범진이 나가 외부로 향했고 이희의 어명대로 일본 외무성에 잘못 인정을 요구했다. 그리고 며칠이 지나 답변이 도착했다.

“미우라가 독단적으로 벌인 일이라 정부 책임이 없다고 합니다. 전하.”

예상했던 대답이었다. 그리고 회심의 미소를 지으면서 이범진과 함께 있는 사람들을 봤다.

총리 박정양과 새로 부총리로 임명한 김홍집이 있었다.

그리고 민영달이 있었다.

세 사람 중 김홍집을 상대로 이희가 노려보며 말했다.

"경이 일본을 등에 업고 내각을 세워 개혁을 벌인 것을 기억한다. 그러나 중전을 일본이 살해하려 했을 때, 경이 앞장서서 죄인들을 소탕한 것을 기억한다. 여기 천군이 과인에게 중요한 이야기를 해주었으니, 그것은 일본에 나라를 팔아먹는 친일과 일본의 장점을 배워서 조선에 이바지하려는 친일을 구분할 수 있어야 된다는 이야기였다. 하여 과인이 경을 충신으로 여길 것이니, 절대 과인의 신뢰를 저버리지 말라. 마지막 경고이며 더 이상 경을 의심하지 않겠다. 부총리에 임명했으니 총리를 도와 조선을 난국에서 구하라. 과인의 명을 받아 이 땅에 남아 있는 일본군을 추방하라."

"예! 전하!"

"어명을 행하라."

"성은이 망극하옵니다! 전하!"

재신임을 얻은 김홍집이 결의 가득한 목소리로 이희의 명을 받들었다.

그 모습을 성한과 장성호가 지켜보고 있었다. 이희는 미소를 머금은 표정으로 두 사람을 쳐다봤다. 그리고 성한이 고개를 끄덕이면서 잘하고 있다는 뜻을 전했다.

한양에 주둔한 일본군 수비대가 소탕됐지만 제물포를 비

롯한 개항장에 여전히 주둔하고 있는 일본군이 있었다. 그들은 민자영을 살해하는 데에 있어서 무관한 군사들이었고 미우라가 처형당했다는 소식을 듣고 본국의 선전포고를 기다렸다. 선전포고 즉시 조선군과 싸워야 한다는 생각을 했다.

그러나 미우라가 조선의 왕후를 독단으로 죽이려 했다는 소식을 듣고는 어떻게 해야 할지 몰라 갈팡질팡했다. 조선군과 전투를 치러야 하는지, 아니면 명령이 있을 때까지 가만히 있어야 하는지 혼란에 휩싸였다.

그러던 어느 날이었다.

"움직이지 마라! 함부로 움직였다가 험한 꼴을 당할 수 있다! 무기를 버리고 통제에 따라!"

제물포 일본군 주둔지에 몰려온 조선군이 부대 담장 밖에서 소총을 조준했다. 착검된 소총으로 일본군 수비대를 위협했고 새벽에 자다 일어난 장교가 황당했다.

휘하 병사들이 소총도 제대로 못 쥐고 기습을 허용했지만, 오직 명령에 따르겠다는 의지로 그들은 상관의 명령을 기다리고 있었다. 그리고 가급적 살고 싶다고 생각 했다.

정신을 차린 수비대 장교가 목소리를 높였다.

"조선군인가?!"

"그렇다!"

통역병이 통역했다.

"우리에게 가해지는 모든 위협 행위는 전쟁을 일으키는 구실이 될 것이다! 그런데도 감히 겁박하는가?!"

장교의 협박에 조선군이 총알로 대답했다.

탕!

"……?!"

"개소리 마라! 네놈들을 모조리 죽여도 너희 나라는 우리에게 전쟁을 걸지 못한다! 선전포고를 하는 순간 아라사와 전면전을 치러야 할 거다!"

"조선인 놈이 감히……!"

탕!

"……?!"

"뒈지기 싫으면 무기 버려! 개자식아!"

"크……!"

땅에서 몇 번이나 파편이 튀었다. 통제에 따르지 않으면 전멸 시킬 수도 있다는 조선군의 엄포에, 제대로 무장을 갖추지 못한 수비대가 눈치를 봤다. 조선군 손에 자신들도 운용하는 소총이 쥐어져 있었다. 그들은 시위대였고 진압된 한양 수비대의 무기를 화기로 사용하고 있었다.

선택의 여지가 없었다. 일본군 장교는 휘하 병사들을 살리기 위해서 투항할 수밖에 없었다. 순순히 포승줄을 허락했고 포로 신분이 아닌 포로 생활을 감당했다.

묶인 그의 어깨 위로 한 조선군 장교의 손이 올라갔다.

"잘했어. 맞서려 했다면 정말 죽었을 거야."

여인의 목소리가 들렸다.

조선에 여군이 있다는 이야기를 들은 적이 없었다. 지나가는 여군을 수비대 장병들이 쳐다봤다. 그녀와 그녀 주위에 있는 병사들은 평범한 조선군이라 여길 수 없을 정도로 특이한 복식을 하고 있었다.

처음에는 그들이 누군지 전혀 모를 수밖에 없었다. 그러나 본국으로 돌아가고 나서야 그들이 누군지 소문으로나마 알게 됐다. 그것은 무려 한달이 지나서였다.

조선에 주둔하고 있던 모든 일본군이 무장해제 당했다. 교전이 일어나기도 했지만 수의 우세를 앞세운 조선군이 철저하게 이겼다. 일본군 10명 중 9명은 포로가 됐다.

다시 일본에 조선의 소식이 전해졌다. 외부에서 삼국 공관을 통해 외무성으로 조선 조정의 통보가 이뤄졌다.

태정관에서 이토가 무쓰로부터 소식을 받았다.

"포로가 된 황군을 추방할 것이라고 조선 정부가 통보했습니다. 나흘 뒤 기선을 통해서 후쿠오카로 송환한다고 합니다. 일부 병력이 추방 도중에 사살되었고 그 책임은… 우리 일본 정부에 있다고… 그리고 우리와 맺었던 모든 조약을 파기하겠다고 통보했습니다. 조선이 우리에게 단교를 선포했습니다."

“뭣이……?!”

“죄송합니다… 총리대신…….”

“…….”

무쓰가 눈물을 흘리며 허리를 굽혀 사죄했다.

회의실에 정적이 감도는 가운데 한번 굽혀진 그의 허리를 쉽게 세워질 수 없었다. 한참을 그러다가 허리를 세우고 목숨으로 책임을 다하겠다고 말했다.

“할복으로… 이 일의 책임을 지겠습니다.”

그 말을 듣고 이노우에가 무쓰를 말렸다.

“자네가 죽는다고 해서 바뀌는 것이 없네. 그러니 개죽음을 자초하지 말고 이 난국을 벗어날 수 있는 수나 찾게. 알겠는가?”

“예…….”

오야마가 이를 갈면서 분통을 터트렸다.

“조선 따위가, 우릴 상대로 단교라니! 건방진 놈들! 조약을 파기한다니?! 그러면 이제 어찌 되는 거요?!”

그의 물음에 이노우에가 대답했다.

“개항장에서의 치외법권. 공사관 설치, 공사관에 경비병을 세우는 것. 그 외에 조선에 관한 우리의 이권이 모두 사라지는 것을 뜻하오.”

“이런. 똥같은……!”

“근래 30년 동안 이런 굴욕이 없었소. 조선이 이 정도로 나올 줄은 아무도 예상하지 못했소. 놈들이 우리의 생각을 뛰어넘었소.”

“놈들이 어떻게 이런 일을……!”

육군의 수장으로 아무것도 할 수 없다는 사실에 오야마의 눈에 핏발이 섰다. 분하기는 사이고도 마찬가지.

“차라리 전쟁을 치러서 패했으면 패했지, 이건 정말 아니오! 이런 치욕을 당하고 어찌 살란 말이오! 죽고 싶은 심정이오!”

회의실에 모여 있는 모든 이들의 심정이었다. 살아 있는 것 자체가 너무나 창피했다. 그러나 모두 이노우에가 무쓰를 말릴 때 한 말을 가슴에 새겼다.

자결하는 것으로 끝나선 안 된다. 위기에 빠진 일본을 구해야 된다고 생각했고 다시 일어서야 한다고 생각했다.

마음을 다스린 오야마가 현실을 보기 시작했다.

“절대 조선왕의 머리에서 나온 것이 아니오. 우유부단한 바보왕이 어찌 이렇게 과감한 일을 벌일 수 있단 말이오? 절대 조선왕이 생각한 게 아니오…….”

오야마에 이어서 사이고가 물었다.

“늙은 여우가 이 일을 벌였겠소?”

이노우에가 고개를 가로저었다.

“조선에 있으면서 왕비를 만났지만 그녀는 자기 자리를 지키기 위해서 일을 벌이지 이런 일을 벌이지 않소. 하나

부터 열까지 흥선대원군을 견제하는 데에 있소. 이 일에 다른 자가 개입해 있소. 그 자를 말한다면…….”

“설마 천군이오?”

“그럴 가능성이 매우 높소. 늙은 여우를 잡겠다던 우리 계획을 부숴버린 존재. 나는 천군을 유력하게 보오.”

사람들의 시선이 이토에게 향했다.

“나도 그리 여기고 있소. 갑자기 나타나서 조선군과 황군을 학살했다는 이야기를 들으면 그게 쉽게 믿어지지 않지만 가장 크게 의심해야 할 것이 천군이오. 우리가 아는 자들이 그 일을 벌일 수 없다면 오직 천군만이 가능하게 되오. 놈들이 조선왕의 뒤에 있을 수 있소.”

“어떤 놈들인지 명확히 알아야 되는군.”

“전에도 이야기 했지만 이제는 시급한 일이 되었소. 최대한 빨리 놈들에 대해서 알아야 하오. 조선에 관한 모든 정보력을 동원해야 하오.”

“우리에게 우호적인 인물을 통해서 알아보겠소. 친일개화파를 통해서 말이오. 그 자들이 우리 편이 되어서 천군에 대해서 알려줄 거요.”

이노우에가 이토에게 조선의 친일파를 첩보원으로 쓰겠다 말했다. 그때 무쓰의 표정이 일그러졌다. 두 사람에게 알리지 못한 사실이 있었다.

“죄송합니다만… 드릴 말씀이 있습니다.”

"뭔가?"

"이번에 황군을 추방하는 데에 있어서 앞장선 자들이 김홍집과 박정양입니다. 그리고 왕비의 가문이면서도 우리에게 우호적이었던 민영달을 포함해 많은 친일파가 황군을 추방하는 일에 가담했습니다. 조선왕이 우리에 대한 대응으로 면책한 것 같습니다."

"뭐라고……?!"

"외무성에서도 대숙청을 예상했는데 벌어지지 않았습니다."

"……."

무쓰의 보고에 이토와 이노우에가 할 말을 잃었다.

왕비를 죽이려 한 책임을 물어 김홍집 같은 친일파를 숙청하고 그들을 지지하는 지식 관료들의 반발이 일어날 것이라고 생각했다. 그러나 그것을 뛰어넘는 대응을 보고 경악할 수밖에 없었다.

최고 권력자가 목숨을 잃을 뻔했던 순간에서 반대 세력을 죽이지 않고 품는 것은 수천 년에 달하는 인류 역사를 뒤져도 보기 찾아보기 힘든 일이었다.

실로 강대한 적이 나타났다고 생각했다.

이토가 각오를 다졌다.

"전 국력을 동원해야 하오! 그렇지 않으면 우리가 당할 것이오! 30년 안에 조선과 일본, 둘 중 한 나라는 사라지게 될 거요!"

통찰력으로 미래를 엿봤다. 그리고 그 미래는 일본에 그리 영광을 주는 미래가 아니었다.

치열함 속에서 발버둥질 하며 살아남아야 겨우 국위를 세울 수 있는 수준이었다.

일본과의 모든 관계가 끊어지고 동경에 설치된 조선 공사관도 완전히 철수 됐다. 조선에서 일본 상인들이 장사할 수 있었지만 더 이상 일본 공사관으로부터 보호를 받을 수 없었다. 더해서 여태 누려왔던 이권을 내려놓아야 했다.

세상이 변한 줄 모르고 예전처럼 장사를 하는 일본 상인이 있었다. 그 상인의 가게로 조선 관리들이 찾아왔다.

관리들은 상인에게 세금을 요구했다.

"아니, 그 동안 관세를 내지 않았는데! 이제 와서 내라니? 그 무슨 말이오?!"

"그 땐 일본과 맺었던 조약이 힘을 발휘할 때고. 지금은 모든 조약이 파기되었으니 관세를 내야 한다는 말이오. 그것도 조선 돈으로 말이오."

"조선 돈으로……?!"

"은 혹은 금으로 관세를 내시오. 그리고 본래 추방당하고 새로 허가를 받아야 장사할 수 있지만, 전하께서 편의를 봐주셔서 계속 장사할 수 있게 해드리는 거요. 이후에 새로 조선에 와서 장사하는 일본 상인은 마땅히 조정에서 내리는 허가를 받아야 장사할 수 있소. 그러니 감사히 여기시오. 그래도 관세를 내는 것이 마음에 안 든다면 일본으로 돌아가면 되오.”

“기 막혀서……!”

“호의를 권리라 여기지 마시오. 또 한번 불법을 저지르면 그땐 진짜 처벌할 수 있소. 마지막 경고니, 이제부터 조선법을 따라주기 바라오.”

“빌어먹을……!”

“후후후.”

나라에 대한 자부심이 그리 크게 느껴질 수 없었다.

일본 상인에게 경고를 전한 관리가 나왔고 그 모습을 제물포의 조선 상인들이 지켜보고 있었다.

그토록 통쾌한 순간이 있을까 했다.

“꼬우면 나가! 쪽발이 새끼들아!”

“이제 네놈들 세상도 끝이다!”

“조선에서 장사하려면 세금을 내야지! 암!”

“크하하하!”

새 세상이 펼쳐지기 시작했다. 제물포와 마찬가지로 부산과 원산을 비롯해 조선에서 장사하는 일본인들에게 관세가 매겨졌다. 그로 인해 일본인들이 파는 물건은 경쟁력을 잃었고 조선인들이 파는 물건이 경쟁력을 되찾았다.

일본에서 물건을 사서 조선에 파는 조선 상인들이 크게

이득을 보기 시작했다.

국부 유출을 막는 것은 아니었지만 적어도 조선 상인들이 망하지 않고 흥하는 길이 열렸다. 또한 조선에서 양곡을 무더기로 사는 일본인의 거래를 막아 조선인들이 굶지 않고 싼 값에 양곡을 살 수 있는 길이 열렸다.

자연히 이희와 조정에 대한 민심이 좋아졌다. 특히 강단 있는 모습으로 일본의 협박을 물리친 것 때문에 목숨을 걸겠다는 백성들까지 나타났다.

관복을 입은 김홍집이 대궐로 향하고 있었다. 가마나 마차를 타면서 거드름 피우지 않고 건장한 두 다리로 당당히 걸으면서 광화문으로 향했다.

그 모습을 본 백성들이 그의 뒷담화를 늘어놓았다.

"부총리대신 아녀?"

"그런 것 같은데……?"

"얼마 전까지 친일파라고 불렸지? 훈련대가 반란을 일으켰을 때 부총리대신께서 배후에 계신 줄 알았어. 그 땐 정말 억한 심정이 있었는데… 나중에 보니 그게 아니었지만 말야."

"죄인들을 벌하고 일본군을 추방하는 데에 있어서 누구보다 힘쓰셨던 분이야. 방문과 신문으로도 확인했잖아. 이제부터 나라를 팔아먹을 친일파와 일본의 장점을 배울 지일파로 나누시겠다, 전하께서 말씀하셨어. 부총리대신은 내가 봐도 지일파야."

"저분을 더 이상 고깝게 봐서는 안 될 거야."

그동안 친일이라 알려졌지만 일본을 상대하는 데에 있어서 가장 앞장섰던 자였다. 백성들이 그의 진심을 알아줬다. 때문에 김홍집의 어깨도 가벼워질 수 있었다.

궐 안에 들어와서 한숨을 쉬면서 하늘을 쳐다봤다.

'살았구나… 하늘이 날 살렸어. 하늘이 날 살린 만큼 보답해야 한다.'

백성이 곧 하늘이었다. 전심을 다해 나라를 위해서 힘쓰려고 했다. 틀어진 것들이 제자리로 돌아가고 있었다.

낮에 나라를 위해서 열심히 일하다가 저녁이 되었을 때 왕으로부터 부름을 받았다.

그리고 박정양, 이범진, 민영달과 함께 협길당으로 향해서 이희와 민자영을 만났다. 거기에 이하응이 있었고 이준도 함께 있었다. 또한 성한과 장성호, 성혁도 있었다.

왕후 살해 시도 사건을 진압하고 일본군을 나라 밖으로 몰아낸 사람들이 모였다.

화기애애한 분위기 속에서 주안상이 차려졌다.

이희가 술잔을 들고 마시자 김홍집과 성한을 비롯한 사람들이 따라 술을 마셨다.

환한 미소와 함께 이희가 먼저 민자영과 이하응에게 감사의 마음을 전했다.

“참으로 고맙소. 중전. 그리고 감사합니다. 아버지. 두 사람이 나라를 위해서 힘 써 주셨기에 이 순간을 맞이했습니다. 참으로 감사합니다.”

이희의 감사에 민자영이 감격했고 이하응이 울컥했다. 담담한 모습이었지만 자식의 감사 표현에 감동 받지 않을 아비가 없었다.

두 사람이 머리를 기울이며 왕에 대한 예의를 표했다. 그리고 이어 이희가 신하들에게 고마운 뜻을 전했다.

그들이 조선을 위해서 많은 일을 해줬다.

“과인이 참으로 많은 수난을 겪었는데 금일 같이 이렇게 웃으며 술을 마시는 때가 올 줄 전혀 생각지 못했다. 경들이 힘써줬기 때문이다. 그리고 이 세 사람과 천군이 과인을 구했음이야. 그대들에게도 감사의 뜻을 전한다.”

“저…전하…?”

“…….”

이희가 고개를 숙이자 방 안의 모든 사람들이 놀랐다. 그리고 눈물을 글썽이면서 이희가 고개를 들었다.

“참으로 고맙다. 그리고 과인이 해줄 수 있는 것은 고맙다는 말과 주안상 밖에 없다. 금은보화로 그대들을 포상하고 싶으나 그것조차 나라와 백성을 위해서 써야하기에, 궁궐을 팔아서라도 더 많은 재원을 만들고 싶지만 열강이 이 나라를 집어삼킬 수 없도록 허세를 부려야 한다는 현실이 너무 안타깝고 분하다. 그러니 과인도 힘 쓸 것이니 경들도 과인을 위해 더욱 힘써 달라……."

이희의 떨리는 목소리에 감격한 신하들이 눈물 흘렸다.

"반드시 그리하겠습니다! 성은이 망극하옵니다! 전하!"

눈물과 콧물로 얼굴이 범벅됐다. 이희가 직접 술잔에 술을 채워줬다. 술을 마시고 그를 위해서 모든걸 바칠 것이라 다짐했다. 성한과 장성호, 성혁은 이희의 진심을 확인하고 앞으로 조선이 크게 변할 것이라 기대했다. 목숨을 부지하기에 급급하고 소심했던 그가 대범하게 대의를 이루는 것을 보길 소망했다.

감격에 젖은 밤. 술을 마시고 연회를 즐겼다. 취기가 오르자 그 동안 긴장했던 성한과 장성호, 성혁의 기분도 풀어졌다. 민영달이 앞으로 조선의 부국강병을 이루겠다 이희에게 약속했다.

"이 땅에서 외세가 물러났으니, 이제 전하의 뜻대로 이 나라를 강하게 만드실 수 있습니다. 소신들이 조선의 부국강병을 위해서 전심을 다하겠습니다!"

"암! 그리 되리라! 믿는다!"

"대원위 대감께도 약속드리겠습니다! 대감!"

그동안 민씨 가문과 척을 지면서 그렇게 웃으며 이야기를 나눌 수 있는 때가 올 수 있을까 했다. 민영달의 약속에 이하응이 입가에 옅은 미소가 배어들었다. 그리고 그에게 부탁했다.

"부탁하네. 이 나라를 강국으로 만들어 주게. 왕실과 백성들의 후손이 번영을 누릴 수 있도록 말야."

"예! 대원위 대감!"

민자영이 이하응을 보고 달라졌다는 생각을 했다. 예전 같았으면 성에 'ㅁ'자만 들어가도 상종하지 않을 위인이었다. 그런 이하응이 변해 있었다.

성한을 비롯한 세 사람도 그 모습을 함께 지켜보고 있었다.

박정양이 죄인들의 죄를 입증한 이준을 칭찬했고 이준은 성한에게 공을 돌렸다.

성한에게 어떻게 증거를 준비했느냐고 박정양이 물었다.

"직접 자리에 없어서 보질 못했소. 움직이는 사진이었다던데 어떻게 준비한 거요?"

성한이 대답했다.

"비밀입니다."

"비밀……."

"조선이 세계에서 제일 강한 나라가 되면 공개하겠지만 그게 아니기에 알려드릴 수 없습니다."

그 말이 이해가 되면서도 계속 궁금증이 일어났다.

그 궁금증은 때로 의심으로 변하는 법이었다. 그렇게 되는 것을 이희가 미리 막으려 했다.

"과인이 알고 있다."

"증거를 보셨습니까?"

"그렇다. 중전과 아버지도 함께 봤다. 그리고 이들이 누구인지 알고 있다. 어디에서 태어났고 부모가 누구며 어떻게 살아왔는지도 알고 있다. 과인이 알고 보증하는 자인데 따로 문제가 있겠는가?"

"절대 없습니다."

"과인을 믿고 이들을 신뢰하라. 경들이 알아봐야 적에게 이로움 밖에 없다. 경들을 믿지 않는 것은 아니지만 사람은 자고로 실수할 수 있다."

"명심하겠습니다. 더 이상 궁금히 여기지 않겠습니다."

왕이 모든 것을 알고 있다고 말했다. 때문에 궁금함이 일어나도 왕을 믿고 무리하게 물으려 하지 않았다.

언젠가 천군이라 불리는 자들이 누군지 알게 될 것이라고 생각했다.

흥이 오른 민영달이 이희에게 노래를 부르겠다고 말했다.

"이토록 경사스러운 날에 가락이 없어서야 되겠습니까? 신이 전하께 가락을 바치겠습니다."

"그리 하라."

"하늘이 높아 산이 아래에 조아리며… 강이 땅을 따라

흐르며…….”

“후후후.”

들어본 적 없는 노래였다. 아무래도 역사에 기록된 적 없는 신하들의 노래 같았다. 성한이 민영달의 노래를 들으며 박수를 쳤다. 그러자 장성호와 성혁도 박수를 쳤고 세 사람의 박자에 민영달이 부르던 노래가 말렸다.

그러나 기분 나쁘지 않았다. 어깨를 들썩이며 흥겹게 노래를 부르고 이희로부터 칭찬을 받았다.

“왕실을 위한 가락인가?”

“예. 전하.”

“참으로 흥겨운 노래구나. 더욱이 유 과장의 손치기가 노래를 흥겹게 만들었다. 참으로 잘 불렀다!”

“성은이 망극하옵니다. 전하.”

“하는 김에 유 과장도 답가를 불러 달라.”

훅 치고 들어오는 이희의 말에 성한이 움찔하면서 이희를 쳐다봤다. 박정양과 김홍집 등이 기대하고 있었고 곁에 앉아 있던 장성호는 절대 아군이 아니었다.

“나도 들어봅시다.”

성혁도 취기 오른 모습으로 형이 어떤 노래를 부를지 기대했다.

민자영과 이하응도 그를 주목하고 있었다. 이희가 팔을 펼쳐 보이면서 말했다.

"과인이 들어보지 못한 노래를 많이 알고 있는 것으로 안다. 그래서 더욱 듣고 싶다."

그 말을 듣고 성한이 당황한 말투로 대답했다.

"갑자기 말씀하셔서… 잠시 생각하고 부르겠습니다."

"이 술잔을 비울 테니 그 사이에 생각하라."

"예… 전하……."

이희가 술잔을 들었고 신하들도 술잔을 들며 안에 담긴 술을 마셨다. 그 짧은 사이에 성한은 많은 생각을 했다. 아무리 이희가 자신이 미래에서 온 것을 알고 있다지만 그와 이하응 앞에서 영어가 뒤섞인 노래를 부르면 안 된다고 생각했다.

그때 떠오른 노래가 있었다.

'이걸로 해야겠어.'

그리고 이희에게 말했다.

"한곡 올려 드리겠습니다."

"불러보라."

마음을 가다듬고 성한이 노래를 불렀다.

[동해물과 백두산이 마르고 닳도록,
하느님이 보우하사 우리나라 만세,
무궁화 삼천리 화려강산,
대한 사람 대한으로 길이 보전 하세.]

가사는 동일했지만 곡은 기존에 부르던 곡이 아니었다.

변절자로 알려진 안익태 작곡의 애국가가 아닌, 작별을 뜻하는 스코틀랜드 민요곡을 음으로 썼던 애국가였다. 그래서인지 괜히 마음이 울적해졌다.

장성호와 성혁의 콧가가 시큼해졌다.

눈물을 글썽이다가 소매로 눈물을 닦았다.

그 모습에 박정양과 민영달은 할 말을 잃었다. 어째서 갑자기 우는 것인지 알 수 없었다.

김홍집이 가사 안에 천군의 마음을 슬프게 만드는 무언가가 있다고 생각했다. 혹시나 하는 생각으로 성한에게 물었다.

"대한이라는 곳이 고향이오?"

눈시울을 붉히며 성한이 대답했다.

"예……."

"처음 듣는 지명이오. 조선에 대한이 어디에 있소?"

"대한은. 삼한을 뜻합니다……."

"삼한……."

"삼한은 곧 조선이죠… 제가 부른 노래는 조선을 위한 노래입니다……."

돌아갈 수 없는 미래에 대한 그리움이 담긴 노래였다. 그 노래의 의미를 아는 사람은 세 사람과 이희, 민자영, 이하응 밖에 없었다.

흥겨웠던 분위기가 많이 무거워졌다. 성한이 감정을 진정 시키고 이희에게 머릴 숙였다.

"죄송합니다. 전하……."

성한의 사과에 이희가 고개를 가로저었다.

"조선을 위한 노래인데 어찌 죄송하다는 말을 하는가? 절대 죄송할 일이 아니다. 또한 과인이 듣고 싶었던 답가다. 단언컨대 과인이 들은 노래 중 최고의 노래다."

"감사합니다. 전하."

"술잔을 들라. 하느님께서 이 나라를 굽어 살펴주시기를 소원한다. 조선 왕실과 만민 후손이 번영하기를 원한다. 축배를 들라."

"예! 전하!"

의기를 드높이며 높이 든 술잔을 비웠다. 민자영과 이하응도 술잔을 비우면서 조선의 영광을 가슴에 품기 시작했다.

그날 협길당에 모인 사람들이 자정이 다 되도록 술을 마셨다. 민자영과 이하응은 궁녀들과 관리의 도움을 받아 일찍 침소로 돌아갔고 박정양과 김홍집, 민영달, 이준은 만취가 되어 시종들의 부축을 받으며 집으로 돌아갔다. 노비제가 1년 전에 폐지됐지만 여전히 관념적으로 여겨지는 종은 남아 있었다.

성한은 숙소로 마련된 궁궐 옆의 저택으로 갔다. 성혁에게 업혀서 취한 장성호와 이정욱과 함께 갔다. 그리고 서로의 방으로 들어가서 잘 준비를 했다.

날씨가 많이 쌀쌀해져서 이희가 보낸 관리와 궁녀들이 온돌에 불을 뗐다. 숙소 주위를 시위대 장병들이 지키는 가운데 이부자리에 형을 눕힌 성혁이 성한의 양말을 벗겼다. 그리고 이불을 덮어줬을 때 취기에 정신을 못 차리던 성한이 성혁을 불렀다.

"혁아……."

성혁이 형에게 고개를 돌렸다.

성한이 몽롱한 상태에서 사람들에게 말하지 못했던 감정을 토로했다.

마음이 많이 무거웠다.

"잘할 수 있을까……?"

"뭐가?"

"여태 세웠던 계획 말야… 중간에 하나라도 삐끗하면 정말 큰일 나잖아… 잘할 수 있을까……?"

형의 걱정에 성혁이 투덜거리는 말투로 말했다.

"쓸데없는 걱정을 하고 그래. 형이 세운 계획이지만 독단으로 하는 게 아니잖아. 모두가 동의했고 여태 아무 문제없었어. 그러니까 앞으로도 문제가 없을 거야. 괜한 걱정 하지 말고 푹 자."

"……."

최선이라 생각했기에 많은 사람들이 그를 지지했다. 그러나 그것이 정말 최선인지 매순간마다 의심이 들 때가 있었다.

의심이 들어도 그 외에 나은 방법을 찾을 수 없어서 밀고 갈 뿐이었다.

형의 부담감을 확인하고 성혁의 마음도 무거워졌다. 하지만 그것을 이기지 않고선 환웅함에 타고 있는 사람들을 구할 수 없었다.

최선이라 믿고 발버둥 칠 수밖에 없었다.

새로운 계획을 세우다

“몽키.”

“여기 있습니다.”

“힌지 줘 봐.”

“여기 있습니다.”

“훗. 훗.”

“제가 할까요?”

“아니. 내가 할 거야. 읏차. 다 됐어. 잠시 비켜 봐.”

환웅함 기관실 엔진 아래에서 여성의 목소리가 울려 퍼졌다. 작업복을 입은 남자가 엔진 아래에서 작업하는 이를 지켜보다가 옆으로 물러났다.

그러자 보안경을 쓴 체구 작은 20대 중반의 여자가 기름범벅 상태에서 아래에서 빠져 나왔다.

그녀의 손에 각종의 장비가 들려 있었고 보안경을 벗자 눈가 주위의 새하얀 피부와 예쁜 눈동자가 나타났다.

거울을 보고 있을 때 그녀를 보조하던 남자가 안쓰러운 말투로 말했다.

"너무 고생하시는 거 아닙니까?"

"나?"

"여자가 이렇게 더러운 일을 할 수 있습니까? 거기에다 제가 후임이잖습니까."

"혼나려구. 군대에 남자 여자가 어디 있어? 그리고 더럽고 어려운 일일수록 선임이 나서서 해야 하는 거야. 알았어?"

"예."

"유압장치를 수리했으니까 이제 노즐의 각도를 조절할 수 있을 거야. 그래도 문제가 생길 수 있으니까, 다음에도 노즐이 움직이지 않으면 내가 고친 곳부터 확인해. 보고하러 갈 테니까, 뒷정리 좀 부탁할게."

"예. 기관장님."

환웅함의 엔진을 책임지는 기관장이었다. 이름은 '조선영'이었고 계급은 중위였다.

그를 도왔던 승조원은 '안성민'이라는 이름을 가지고 있었다.

조선영이 비눗물로 얼굴과 손을 대충 씻었다. 그리고 함교로 연락되는 내선 전화를 들었다.

함교에서 허윤이 전화를 받았고 이내 노즐이 정상 작동되는지 확인했다. 수화기로 이상이 없음을 전했다.

"알겠어. 수고했다."

예. 항해장님.

허윤이 수화기를 내렸다. 그리고 함장인 김인석에게 보고했다.

"고장난 노즐을 수리했다고 합니다. 그런데 이제 그렇게 많이 쓸 일도 없을 텐데 수리해 봐야 무슨 소용이 있겠습니까."

"그야, 유비무환을 위해서지 않겠나."

"그만큼 위험한 일이 있을까 합니다."

"방심해서 화를 자초할 필요가 없어. 완벽해서 나쁠 것은 없네. 더군다나 우리의 기반도 고국도 없는 상태에서 우리에겐 사람 하나, 부품 하나가 소중해. 그러니 비관해서 그런 식으로 말하지 말게. 알겠나?"

"예……."

"온힘을 다해서 살아남아야 하네. 한 치 소홀함이 있어선 절대 안 되네."

키가 크지 않았지만 다부진 체격을 지니고 있었다. 얼굴도 호빵 같이 생겨서 투덜거릴 때마다 놀부가 말하는 것 같았다. 그런 허윤의 부정적인 모습을 김인석이 지적했다.

그리고 환웅함에 타고 있는 승조원들과 김신과 같은 사람들을 살피면서 함장으로서의 책임을 다했다.

그렇게 한양에서 연락이 오기를 기다렸다.

함교 무전기에서 신호음이 울려 퍼졌다.

—치직… 어미새 어미새, 당소 새끼새 이상.

"당소 어미새. 송신 바람."

—전황 보고. 단죄 완료. 단죄 완료. 공 한시에 일시 복귀한다고 통보. 해병대 잔류, 이상.

"수신."

—복귀 시, 손님 한분 귀소로 간다고 통보.

"손님……?"

새벽 한시에 손님과 복귀한다는 장성호의 보고에 이태성이 어리둥절했다. 교신을 지켜보고 있는 김인석과 시선을 맞췄고 이내 수화기를 들고 물었다.

"손님 신원 확인 원함."

장성호가 손님이 누군지 알렸다.

—큰어르신이라고 통보.

"큰어르신… 아, 신원 확인. 수신."

—수고 대기.

"대기."

수화기를 내리고 묘한 흥분에 휩싸였다. 이태성이 김익석에게 보고했다.

"흥선대원군이 온답니다. 새벽 한시에 함께 온다고 합니다."

함께 들은 함교 승조원들이 움찔했다.

김인석이 모든 승조원들에게 이하응을 맞이할 준비를 시켰다.

"손님을 맞이할 준비를 하라. 왕의 아버지니 성대하게는 아니더라도 예의는 제대로 갖춰야 할 거다. 이를 전 승조원들에게 알려."

"예. 함장님."

성혁과 해병대 대원들은 한양에 남아 궁궐을 지켰다. 고종과 명성황후, 흥선대원군. 세 사람에게 미래에서 온 사실을 알리고 조선이 위기를 극복할 있도록 길을 알려준 두 사람이 임시 복귀하려고 했다.

낮에 일상처럼 지내다가 밤에 이하응이 성한, 장성호와 함께 은밀히 움직였다. 성혁이 경복궁에서 이희와 민자영을 지켰고 2분대 분대장인 이주현이 분대원들과 함께 호위에 나섰다.

북악산 기슭에서 셔틀선이 오기를 기다렸다.

야간투시경을 쓴 해병대 대원들이 착륙지 사방을 경계했

다.

이주현과 분대원들 사이에서 무선이 오갔다.

"분대장이다. 랠리 포인트로 접근하는 거수자가 있는지?"

—없습니다. 고라니 두마리, 보입니다.

"장난치지 마라. 박정엽. 오발탄으로 민간인이 죽을 수 있으니까. 선 조치 말고 보고부터 해. 알겠어?"

—예. 분대장님.

"다른 분대원들도 이상한 낌새가 있으면 보고부터 해."

—알겠습니다.

분대 교신을 하는 모습을 이하응이 지켜봤다. 그리고 장성호에게 물었다.

"미래에서는 여자가 부대를 지휘하나?"

장성호가 대답했다.

"예. 대원위 대감."

"믿어지지 않는군. 여자가 남자를 통솔할 수 있다는 사실이 말야. 혹, 대통령이 여자인 적도 있는가?"

"있었습니다."

"어땠는가?"

"세명이 있었는데 첫 대통령은 탄핵되었고 권력 남용으로 법으로 처벌까지 받았습니다. 나머지 두명은 나름대로 나라를 잘 이끌었습니다."

"…탄핵을 당했다고? 나라의 군주가……?"

"이해되지 않으실 수도 있는데 미래에선 통수권자가 법을 어기고 국민을 위하지 않으면 탄핵될 수 있습니다. 그래서 왕국이 아닌 민국입니다. 대원위 대감."

여자가 부대를 지휘한다는 사실이 놀라웠다.

이어서 미국의 대통령과 같이 미래 조선을 다스리는 대통령이 탄핵될 수 있다는 사실에 크게 충격 받았다.

그저 미국처럼 백성이 투표를 해서 대통령을 뽑는다고만 생각했다.

그러나 법을 어겼다는 이유로 대통령이 탄핵되는 것은 대국의 황제가 마음대로 했다고 황위에서 끌려 내려오는 듯한 느낌이었다.

상상한 적 없었고 그래선 안 된다고 생각했다.

그의 머리에 짙게 깔려 있던 편견이 있었다.

그 편견을 성한이 깨트렸다.

"문제 있는 지도자를 공정한 지도자로 바꾸면 됩니다. 물론 새 지도자마저도 부패할 수 있지만, 적어도 지도자가 법과 민의로 바뀔 수 있다는 가정은 백성을 위하는 정치로 이어질 수밖에 없습니다. 그것이 미래 조선의 대통령입니다."

이하응이 물었다.

"자네 말은 대통령이 백성의 눈치를 본다는 건데 만약 백성이 아둔하여 백성들의 뜻만 따르다가 나라를 망치게 되면 어찌되는가? 백성이 침략을 원하면 침략하게 되고 식민이 되길 원하면 식민이 되도록 만드는 것이 미래의 대통령인가?"

다시 성한이 대답했다.

"그래서 백성들을 교육 시켜야 합니다. 지혜가 생기면 의심하는 법과 인내하는 법도 배웁니다. 때문에 지도자가 과감하게 나라를 위한 정책을 펼 수 있습니다. 그것이 바른 지도자와 바른 백성입니다. 제가 배운 것보다 나은게 있다면 모르겠지만 현재로선 제 생각이 최선이라 확신합니다."

"……."

"앞으로 조선을 위해 백성들이 유식해질 필요가 있습니다."

성한의 이야기를 듣고 이하응이 곰곰이 생각했다. 그리고 고개를 끄덕이면서 그가 한말에 동의했다.

자신의 연륜이 몇 십년이 된들, 수백년에 이르는 지식과 지혜를 이길 수 없을 것이라고 생각했다.

그저 한가지 바람만이 그의 가슴 속에 있었다.

그렇게 셔틀선을 기다렸고 하늘을 비상하는 날틀을 볼 수 있길 기대했다.

장성호가 이하응에게 말했다.

"왔습니다."

"어디?"

"앞입니다."

콰아아~!

"……?!"

어둠 속에서 희미하게 보였던 아지랑이가 집채만 한 날틀로 변했다.

그것을 보고 이하응의 눈동자가 커졌다. 하마터면 노신(老身)이 이기지 못해 급사할 뻔했다.

스텔스 모드가 풀리면서 셔틀선 아래에서 분사되는 불꽃이 잠깐 보였다. 큰 소음과 함께 셔틀선이 사뿐히 내려앉아 현문을 내렸다. 그러자 셔틀선에서 헬멧을 쓴 조종사가 내려서 장성호에게 경례했다.

장성호가 이하응을 챙기면 현문 계단으로 안내했다.

"이쪽으로 타시면 됩니다."

"아, 알겠네."

조금 긴장한 이하응이 장성호가 가르쳐 주는 계단에 발을 올렸다. 그러자 뒤에서 이주현이 경례했다.

장성호가 경례를 받아주고 성한과 함께 셔틀선에 몸을 실었다.

창밖으로 달빛에 비치는 북악산이 보였다.

그리고 횃불과 전등으로 밝혀진 궁궐이 창문 아래에서

펼쳐지기 시작했다.

이하응이 어린아이 같이 즐거워했다.

"하늘을 난다는 게 이런 느낌이군!"

그 모습을 보고 성한과 장성호가 환하게 웃으면서 이하응의 반응을 즐겼다.

창문으로 향한 이하응의 시선이 떨어지지 않았다. 그를 보면서 전 날에 있었던 대화를 기억했다.

대원들의 삼엄한 경계 속에서 장성호와 성한은 을미사변을 막았기에 잠시 환웅함으로 돌아간다고 이희에게 말했다.

그때 이하응이 두 사람에게 말했다.

'자네들이 타고 왔다는 배가 어떤 배인지 보고 싶군. 그리고 자네들 외에 어떤 후손들이 있는지 보고 싶네.'

왕은 궁궐을 지켜야 했고 민자영은 민씨 가문의 수장이라 남아야 했다.

두 사람이 힘을 합쳐서 조선을 통치해야 했기에 말년에 자유로움을 얻은 이하응이 환웅함에 다녀오기로 했다.

셔틀선은 말도에 착륙했다. 수풀로 위장된 환웅함을 보고 마치 산이 앞에 있는 것 같은 느낌을 받았다. 그제야 크게 탄성을 일으켰다. 왕족의 큰 어르신으로서의 체통은 온데간데없었다.

자동문이 열리면서 한번 더 놀랐다.

안으로 들어서자 미리 마중을 나온 사람들을 봤다. 그들은 모두 조선의 후예였다.

나이가 많아 보이는 사람이 앞으로 나와서 경례했다. 그가 장성호가 이야기한 함장이라는 것을 알았다. 김인석이 이하응에게 자신을 소개했다.

"뵙게 되어서 영광입니다. 본 함의 함장인 김인석 중령입니다. 환웅함에 오신 것을 환영합니다. 대원위 대감."

"……."

"대감께 승조원들을 소개해 드리겠습니다."

선비 옷을 입고 갓을 쓴 모습에 눈두덩이 커서 더욱 고집스럽게 보이는 얼굴이었다. 그러나 그 안에 어린아이 같은 호기심이 있었다.

김인석이 함께 온 사람들을 이하응에게 소개했다.

"항해장 허윤. 통신장 이태성입니다. 그리고 레이더장 김천입니다."

차례대로 환웅함의 장교와 부사관들을 소개했고 그들의 경례를 받으면서 마치 사열을 받는 듯한 느낌을 받았다. 흡족한 미소를 보이면서 이하응이 만족했다.

도중에 이주현과 마찬가지로 장을 맡고 있는 여자 승조원의 인사도 받았다.

기관장인 조선영이 있었고 갑판을 책임지는 여자 장교도 있었다.

그들의 소개를 받고 이어 환웅함에 타고 있는 사람들의 인사를 받았다.

기술팀장을 맡고 있는 박은성을 소개 받았다.

"기술팀을 맡고 있는 박은성입니다."

"기술팀……?"

"저희 함에 승조원 외에 행성 개척을 위한 직원들이 타고 있었습니다. 유 과장도 그런 직원 한 사람입니다."

"무슨 뜻인지 모르겠지만 유 과장 같은 사람이라는 뜻이군."

"예. 대감."

"이 사람은 혹, 의원인가?"

"예. 의료팀장인 김신입니다. 본 함에서 사람들의 치료를 담당하고 있습니다."

"미래 의술을 배웠을 테니 명의겠군."

"예. 대원위 대감."

신뢰의 시선이 김신에게 향했다.

예전의 이하응이었다면 새하얀 의복을 입고 있는 김신을 혐오했을지도 몰랐다. 그러나 그는 이미 변해 있었고 우호적인 시선으로 김신을 바라보고 있었다.

허리를 굽히며 김신이 인사했다. 그리고 이하응이 고개를 끄덕이며 인사를 받아줬다.

장성호에게 환웅함을 구경하고 싶다고 말했다.

“내게 이 배가 어떤 배인지 알려주게.”

“예. 대원위 대감.”

환웅함을 살피기 위해 이하응이 움직이려고 하자 주위에 있던 모든 사람들이 움직이려고 했다. 그들의 움직임을 이하응이 제지했다.

“장 부장만 있으면 되니, 날 모시려고 그리 움직이지 말게. 내가 오기 전에 이 함을 위해서 하던 일들이 있지 않았겠나. 하던 일들을 보게.”

그 동안 사극이나 역사 공부를 통해서 만들어진 흥선대원군에 대한 편견이 있었다.

그리고 그것이 이하응의 말 몇 마디에 깨졌다.

생각보다 권위적이지 않았고 허례허식을 중요하게 생각하지 않았다.

어쩌면 전에는 그랬다가 성한과 장성호를 만나고 나서부터 변했을 수도 있었다.

그 변한 모습이 사람들에게 편안한 마음을 가져다줬다.

장성호가 미소를 띠며 이하응에게 말했다.

“그러면 소장이 대원위 대감을 모시겠습니다.”

“그리 하게.”

마치 조선 시대 사람처럼 말했다. 그리고 김인석에게 잠시 이하응에게 함 내를 구경시켜주겠다고 말했다.

김인석은 장성호에게 이하응에 관한 모든 것을 맡겼다.

"부탁하네."

"예. 함장님."

그리고 사람들을 이끌었다.

"잠시 회의를 하겠습니다. 유 과장은 한양에서 있었던 일을 이야기해주십시오."

"예. 함장님."

장교들과 박은성, 김신 등과 함께 함교로 향했다. 그리고 거기에서 성한이 한양에서 있었던 일들을 전하기 시작했다.

을미사변을 막은 것에서부터 어떻게 외세의 개입을 막고 조선이 어떤 상태인지 이야기하기 시작했다.

함교에서 회의가 이뤄지는 동안 이하응은 환웅함을 돌아다니면서 구경했다.

성한이 돌아왔다는 소식을 지연이 들었다. 현문에 김신이 갔기에 그녀는 진료실을 지켜야 했다. 커피를 마시면서 팔을 이리저리 뒤틀며 용을 쓰는 동현을 보고 있었다.

"대체 뭐하시는 거죠?"

지연의 물음에 몸을 틀어대던 동현이 웃으면서 말했다.

"요즘 도통 몸을 풀 수 없어서 이렇게라도 몸을 풀고 있습니다. 근육통이 와야 하는데 안 와서 큰일 났네요. 그래야 근육을 키울 수 있는데……."

"……."

"따로 운동기구를 만들어야겠어요."

끙끙 거리는 동현의 모습을 보고 지연이 미간을 고개를 절래절래 흔들었다.

옆을 지나가던 후임 남자 간호사에게 동현이 팔을 모으고 가슴을 만져보라고 했다. 그러자 후임 간호사가 식은땀을 흘리며 가슴 위로 손을 터치했다.

그 모습이 정말 혐오스러웠다. 지연의 표정이 잔뜩 찌푸려졌다.

의자에 앉아서 쉬고 있을 때 진료실 문 입구에서 노인의 목소리가 들렸다.

"여기가 진료실인가?"

"예. 대원위 대감."

일어나서 고개를 돌렸다.

저고리와 갓을 쓴 노인을 보고 환웅함에 온다고 했던 흥선대원군인 줄로 알았다.

의사들과 간호사들을 정렬 시키고 동현과 함께 허리를 굽혀서 인사했다.

"처음 뵙겠습니다. 대원위 대감."

미리 익혔던 호칭대로 인사를 하고 눈치를 살폈다. 고집스럽게 보이는 이하응의 얼굴과 눈동자가 보였다. 그리고 그 눈동자는 곧 자신에게 향해 있다는 것을 알았다. 지연에게 이하응이 물었다.

"김신과 똑같은 백의를 입고 있군. 의원인가?"

"예. 대감."

"이름이 어찌되느냐?"

"안지연입니다."

"안지연… 미래에선 여자가 의원도 할 수 있나 보군. 그러면 저들은 누군가?"

"간호과장 이동현과 간호사들입니다."

"간호사?"

장성호가 알아듣기 쉽게 설명했다.

"의녀로 보시면 됩니다. 의원이 환자를 치료하면 간호사들이 환자가 완치될 때까지 살핍니다. 약을 나눠주고 주사를 놓기도 합니다."

"남자가 의녀가 되다니… 이번엔 반대로군. 그리고 저 자는 참으로 장군감인데 의녀를 하다니 이상하지 않은가. 의녀가 저리 몸을 단련할 이유가 있는가?"

동현을 보고 이하응이 물었다. 그리고 이번에는 지연이 나서서 설명했다.

그녀가 하는 말을 이하응이 곧이곧대로 믿었다.

"유사시 전쟁터에서 싸울 수도 있기 때문입니다. 저리 몸을 단련했는데 이런 곳에서만 환자를 보살피기에는 아깝지 않겠습니까? 총알이 날아다니고 포탄이 떨어지는 곳에서도 환자를 보살필 수 있습니다."

“그렇군! 어쩐지! 그래서 몸을 단련하는 것이로군! 참으로 생각이 깊은 간호사로구나.”

“예. 대감.”

지연의 이야기를 듣고 동현이 기겁하며 고개를 가로저었다.

여자 간호사들이 키득거리면서 웃었고 남자 간호사들은 그런 뜻으로 몸을 키우는 것인지 몰랐다며 놀렸다.

난감한 표정으로 이동현이 지연을 쳐다봤다.

그를 보며 피식 웃다가 이하응에게 지연이 말했다.

“오신 김에 검진을 받아보시지 않겠습니까?”

“검진……?”

“간단한 검사로 대감의 건강을 확인할 수 있습니다. 증상이 없는 숨겨진 병을 찾을 수도 있습니다.”

“그런 게 있다니… 이미 죽을 때가 다되어서 무슨 의미가 있는지 모르겠지만 어떤 검사인지 궁금하군. 검진을 받겠네.”

“예. 대감.”

지연이 환하게 웃으면서 이하응을 대했다.

그런 지연의 모습에 비록 무표정이었지만 이하응은 싫지 않아 했다.

지연이 말한 검진을 받아보기로 했고 그녀를 따라 진료실 안쪽 방으로 향해 유리 캡슐 안으로 들어가서 누웠다.

지연이 캡슐의 버튼을 누르자 뚜껑이 닫히면서 검진기(檢診器)가 작동하기 시작했다.

캡슐 안에서 이리저리 살피는 이하응을 보고 지연이 장성호에게 말했다.

"굉장히 호기심이 많으시네요. 이런 분이 쇄국 정책을 벌이셨다니 도저히 상상이 안 되네요."

"저도 처음 봤을 땐 편견이 있었습니다."

"만약 이분이 개화를 주장했다면 어땠을까 해요. 역사와 다르게 말이에요. 그러면 조선의 미래가 바뀌었을 수도 있을 것 같아요."

지연이 느끼는 아쉬움을 장성호도 느끼고 있었다.

사극이나 역사 교과서로 아는 이하응의 모습 외에 다른 모습이 있었다.

그리고 그 모습은 비극의 역사를 바꿨을 지도 모를 가정이라고 여겼다.

그러나 의미 없는 가정이었다.

이미 역사는 바뀌었고 이하응의 생은 몇 년 남지 않았다.

그저 앞으로 펼쳐질 미래를 엿볼 뿐이었다.

* * *

"그럼 이제 외세가 조선에 개입하긴 힘들겠군요."

“자처해서 불러들이지 않는 이상은 말입니다. 지금이 균형 상태입니다. 조선이 강대국이 될 수 있는 마지막 기회입니다. 이 기회를 절대 놓쳐선 안 됩니다.”

한양에서 돌아온 성한이 함교에서 사람들에게 말했다. 무전 보고를 받았지만 직접 보고를 받고 김인석이 진지한 표정으로 고개를 끄덕였다.

을미사변 후에 죄인들을 처벌하고 뒷일을 수습하는 과정에서 러시아가 일본 정부에 으름장을 놓은 일까지 알았다.

조선은 드디어 외국 군대로부터 자유로워졌다.

러시아와 영국이 균형을 이뤘고 청나라와 일본이 균형을 이뤘다.

그러나 유일하게 남아 있는 열강 국가가 있었다.

“미국은 조선을 노리지 않겠습니까?”

박은성이 물었고 성한이 사람들의 시선을 받으면서 대답했다.

“스페인과의 전쟁을 준비하고 있어서 조선에 대한 관심이 낮습니다. 남북전쟁 기사로 이득을 취한 신문사들이 전쟁을 다시 일으키려고 쿠바에 대한 스페인의 폭정을 연일 신문으로 알리고 있습니다. 몇 년 후에 전쟁을 치르고 필리핀을 점령할 겁니다. 때문에 조선을 노릴 이유는 없습니다. 그래서 손을 잡아야 한다면 미국이 되어야 합니다.”

역사와 미국의 정세를 근거로 성한이 미국이 위협하지 않을 것이라고 말했다. 그 말을 듣고 사람들이 다시 고개를 끄덕였다.

그리고 김신이 물었다.

“그러면 미국에게서 지원 손을 잡고 지원을 받으면 됩니까?”

성한 대신 김인석이 대답했다.

“도와주지 않을 겁니다.”

“어째서요? 우리가 미국 편이 되면 마땅히…….”

“지원을 받으려면 조선이 미국의 적을 상대하고 있어야 하는데, 미국의 적은 스페인 밖에 없습니다. 그리고 제일 가까운 스페인 식민지는 필리핀입니다. 만약 조선이 스페인을 견제하고 필리핀을 점령하겠다고 나서면…….”

“웃음거리가 되겠군요.”

“한편이 되고 싶다면 마땅히 최소한의 국력을 가지고 있어야 합니다. 비록 을미사변을 막았지만 조선은 여전히 약소국입니다. 미국이 인정해 줄 수 있는 나라가 되어야 합니다. 그때까지 자력으로 강해져야 합니다. 그 후에 외교를 논할 수 있습니다.”

이어서 허윤이 역사에서 예를 찾았다.

“한강의 기적처럼 발전시키면 안 됩니까?”

"한강의 기적……?"

"전국이 초토화가 되어서 아무 것도 없을 때, 맨손으로 경제를 일으킨 것처럼 발전하면 되지 않겠습니까. 그때와 지금이 별반 다르지 않을 텐데 말입니다. 안 그렇습니까?"

성한이 고개를 가로저으면서 말했다.

"한강의 기적도 선조들의 힘으로 한 것 같지만 아닙니다. 냉전이라는 시대적 상황이 도와줬으니까요. 북한과 소련, 중국을 견제해야 된다는 논리로 지원을 얻고 차관을 빌렸었습니다. 그것을 잘 이용한 것도 선조들의 지혜지만 미국의 지원이 없었다면 불가능한 일입니다. 지금은 그때처럼 우는 소릴 내면 사자 떼가 되어서 달려들 겁니다."

"답답하군요."

"생각보다 활로 찾기가 쉽지 않습니다. 그래서 여기서 생각을 모아야 합니다. 얼토당토 않는 이야기라도 좋은 수일 수 있습니다. 아무 거라도 이야기해주세요."

"좋은 수라… 흠……."

"……."

침묵의 시간이 시작되었다.

사람들이 눈동자를 굴리고 바닥에 깔면서 조선을 발전시키기 위한 길을 찾기 시작했다.

역사에서 길을 찾아보려 했지만 작금에 조선이 처한 현실과 세계정세가 맞지 않았다.

그렇게 10여 분 넘게 침묵이 이뤄졌다.

성한의 고민이 깊어지고 있었다.

'국력은 군사력이고 군사력은 경제가 기반이 되어야 해. 지금의 조선에서 경제를 키우려면 어떻게든 자본이 있어야 해. 문제는 돈이야.'

고민하다가 한가지 문제로 초점을 맞췄다.

기본 자본을 떠올리면서 거기에 대한 아쉬움을 가지게 됐다. 그리고 성한과 똑같은 생각을 하는 사람이 있었다.

"돈만 있으면 뭐든지 할 수 있을 텐데……."

"……?"

김천이 안경을 만지면서 한숨을 쉬었다. 그런 그를 성한이 지긋이 쳐다보고 있었다.

자신을 성한이 쳐다보고 있다는 생각에 김천이 움찔했다.

그때 '위잉'하면서 문이 열렸다.

"……?!"

갓을 쓴 이하응과 장성호가 함교로 들어왔다. 의자에 앉아 있던 사람들이 몸을 일으켰다.

"대원위 대감."

김인석이 일어나서 목례했다. 그러자 이하응이 함교 분

위기를 살피고 사람들에게 물었다.

"회의 중인가?"

"예. 함 내를 잘 구경하셨습니까?"

"그래. 신기한 게 많더군. 선실에서 후손들을 만나 기분이 묘했네. 검진이라는 것도 받아보고 말야. 이렇게 늙은 몸에 이상이 없다는 이야기를 듣고 기분이 좋네. 그나저나 어떤 내용으로 회의하고 있었나? 내게 회의 내용을 알려 줄 수 있는가?"

검진을 받았었다는 이하응의 이야기에 사람들이 웃었다. 그러나 어떤 내용으로 회의를 치르고 있었는지 이하응이 진지하게 묻자 웃음기가 지워졌다.

성한이 이하응의 물음에 답해줬다.

"앞으로 조선을 어떻게 발전시켜야 할지에 대해서 이야기를 나눴습니다."

"조선을 말인가?"

"예. 어쩌면 저희들이 오랫동안 머물게 될 나라이기에 당연히 강한 나라로 만들려고 합니다. 외세의 지원을 받는 것도 최소한의 국력을 갖춰야 식민지가 되지 않는데 그런 국력을 어떻게 갖춰야 할지 고민 중에 있었습니다. 그리고 대감께서 오시기 전에 우리의 진짜 문제가 무엇인지 알았습니다."

"진짜 문제……?"

성한이 다시 김천을 쳐다봤다.

"돈만 있으면 뭐든지 할 수 있다고 말했죠?"

"그…그랬죠……."

"저도 그렇게 생각합니다. 돈이 있어야 기업을 키울 수 있고 기업을 키우면 그것이 곧……."

"국력이 된다는 말씀이죠?"

"그렇죠. 다리를 짓는 데고 돈이 필요하고 발전소를 짓는데도 돈이 필요합니다. 우리의 문제는 자강이야 지원이냐 하는 문제가 아닙니다. 제일 큰 문제는 돈입니다. 돈이 없다는 게 최고의 불리입니다."

이어서 박은성을 보면서 말했다.

"이미 우리에게 기술이 있습니다. 아니, 앞으로 어떤 물건, 어떤 사업이 큰 수익을 낼지 역사를 통해서 알고 있습니다. 설령 기술이 없다 해도 돈만 있으면 투자해서 개발할 수 있습니다. 밑천이 될 수 있는 돈이 필요합니다. 그것만 있으면 모든 것이 빅뱅 터지듯이 크게 일어날 겁니다. 문제의 초점을 바꿔야 합니다."

성한이 전하는 이야기에 사람들이 동의했다.

자강이냐 지원을 받느냐 하는 문제 이전에 부국강병으로 이끌 수 있는 자본의 밑천부터 확보하는 것이 최우선이었다.

그것이 궁극의 해결책이라고 생각했다.

그러나 그 해결책을 찾는 것도 쉽지 않았다.

이하응이 장성호에게 물었다.

"이 배에 돈은 없는가?"

장성호가 주머니 속에 있던 손가락 세마디 길이의 카드를 꺼냈다.

"미래에서는 이걸 돈처럼 사용합니다."

"이걸 말인가?"

"전자 화폐라 불리는 물건입니다. 여기에 돈을 채우고, 만약 탁자에 지불하는 기계가 있다고 가정하고 붙이면 지불이 됩니다. 이걸 조선에선 쓸 수 없습니다."

"그렇군. 그렇다면 이 배의 어떤 사람도 돈이 없다는 이야기군. 맞는가?"

"예. 대감."

빈털터리라는 생각에 쓴웃음이 피어올랐다.

장성호를 통해서 미래의 엽전을 알게 된 이하응은 후손들 중 어느 누구도 돈을 가지고 있지 않다는 것을 알았다.

미래라면 모르겠지만 적어도 과거에서 쓰일 수 있는 돈은 없었다. 그래서 눈을 감고 곰곰이 생각했다.

생각 끝에 결론을 내리고 성한에게 말했다.

"어쩌면 자네들이 유용할 수 있는 돈이 있을 수도 있네."

그 말을 듣고 김천이 어리둥절했다. 성한과 김인석은 이하응이 말하는 돈이 무엇인지 눈치를 챘다.

김인석이 이하응에게 물었다.

"혹시… 내탕금입니까?"

"그래."

"저희가 정말 쓸 수 있는 돈입니까?"

"조선을 위한 일인데 뭔들 못하겠나. 주상도 자네들의 계획을 들으면 반드시 내탕금을 내어줄 것이네."

닫혀 있던 문이 열리는 기분이었다.

성한이 이하응에게 말했다.

"전하께 제가 여쭤보겠습니다."

그로부터 이틀이 지나서였다.

환웅함으로 돌아갔던 성한이 셔틀선을 타고 이하응과 함께 경복궁으로 돌아왔다.

협길당에서 이희를 만나 조선의 국력을 키우기 위해서 상공업을 육성해야 된다고 말했다.

동시에 도로와 다리를 건설해서 공장에서 만들어진 물건이 조선팔도를 돌 수 있도록 만들어야 된다고 말했다. 그 모든 것은 반드시 밑천이 있어야만 가능한 것이었다.

성한이 이희에게 지원을 요청했다.

마시던 커피 잔을 내리고 이희가 성한에게 물었다.

"…해서, 왕실의 내탕금이 필요하다?"

"예. 전하."

"내탕금을 받아서 이 나라에 공장을 짓고 상단을 키워서 부국강병을 이루겠다는 것인가?"

성한이 고민하지 않고 대답했다.

"예. 전하. 전하께서 주신 내탕금으로 밑천을 삼아서 앞으로의 시대를 선도하는 상품을 만들고 전 세계를 상대로 장사를……."

"흠. 그래서……?"

"……."

"음…?"

대답하다가 성한이 생각에 잠겼다. 이하응은 어째서 대답하다가 답변을 멈췄는지 의아하게 생각했다.

이희가 성한에게 뒤에 이어지는 답을 요구했다.

"어째서 대답하다가 멈추는가? 혹, 계획이 잘못 됐는가?"

"……."

세운 계획에서 문제를 발견해 답변이 끊어졌다 생각했다.

그런 이희 앞에서 성한은 계속 생각하다가 머릿속에서 번갯불이 튀는 것을 느꼈다.

'잠깐만…? 왜 굳이 조선에서 장사를 해? 돈만 있으면 뭐든지 할 수 있잖아! 키우는 것 외에 먹어치우는 방법도 있어!'

우물에 머물던 생각이 우주만큼 넓어졌다.

조선에 머물러야하기에 조선에서 기업을 차린다는 생각을 했다. 그러나 굳이 그렇게 하지 않아도 된다고 생각했다.

입가에 미소가 만연했다. 확신이 차올랐고 더 이상 의견을 구하지 않아도 되겠다는 생각이 들었다.

단단해진 목소리로 성한이 이희에게 말했다.

"조선이 아니라, 미국에서 회사를 차리겠습니다. 가능하다면요."

이하응이 놀랐다. 이희가 황당한 표정을 지으면서 물었다.

"조선이 아니라 미국이라니? 그게 무슨 계획인가?"

이희의 물음에 성한이 큰 그림을 알렸다.

"미국에서 회사를 차리면, 저는 이 시대에 존재하지 않고 사람들이 반드시 원하는 물건을 만들어서 팔 겁니다. 당연히 엄청난 이득이 들어 올 거고요. 그 이득으로 미국에 존재하는 회사들을 사들일 겁니다."

"미국 회사를 사들인다고?"

"예. 주식을 사들이거나 여러 투자 방법으로 소유하는 법이 미국에 있습니다. 그렇게 많은 회사들을 거느리고 나면 그 회사에 포함된 기술이나 자본, 자재들을 쓸 수도 있죠. 그걸로……."

"조선을 돕겠다는 것이군."

"정확히는 조선 상인들에게 투자하고 기술을 이전하려고 합니다. 그러면 조선의 상공업을 크게 일으킬 수 있습니다. 한강의 기적을 이 시대에서도 일으킬 수 있습니다."

남북전쟁이 일어나고 남쪽의 후손들이 기적 같은 번영을 이룬 것을 두 사람이 알고 있었다.

그것을 '한강의 기적'이라고 들었고 그와 같은 번영이 조선에서도 일어날 수 있다는 말에 이희가 환하게 웃었다.

이하응은 잔잔한 미소로 앞으로 있을 일을 기대했다.

그리고 두 사람이 생각했던 방법과 전혀 다르다는 것을 깨달았다.

"총리가 말하던 개혁으로 조선을 변화 시킬 거라 생각했는데 그것과 비교 할 수 없는 큰 변화가 일어나겠군."

이희의 자조적인 말을 듣고 성한이 말했다.

"제도 개혁도 병행하셔야 됩니다. 다만 급진적일 때는 언제나 보완할 수 있는 정책도 마련되어야 합니다. 교육 개혁도 마찬가지입니다. 모든 부분에서 환골탈태가 필요합니다."

"천군 중에서 조선에 남을 자들이 있겠군."

"반 이상은 있어야 합니다."

백성들의 입에서 시작된 '천군'이라는 단어를 이희가 썼다. '미래인', '후손들'보다 '천군'이 주는 의미가 와 닿았다.

조선 안팎에서 길을 열고 돕겠다는 말에 이희가 고개를 끄덕이며 모두 수긍했다.

반시진이 지났다.

세개의 무거운 함이 이희와 성한 사이에서 놓이게 됐다. 이희가 성한에게 함을 열어보라고 말했다.

"열어 보라."

"예."

열쇠를 받아 성한이 직접 함을 열었다. 그러자 휘황찬란한 빛이 안에서 뿜어져 나왔다.

창문을 통해서 들어오는 빛이 상자 속에서 반사 되 협길당을 환히 밝혔다.

황색으로 빛나는 무수한 금관이 가득 담겨 있었다. 금관들을 보고 성한이 아찔해졌다. 하마터면 정신을 잃을 뻔했다.

그 돈이 역사를 따르면 엉뚱한 곳에 쓰일 수 있었다.

'일본이 쓰던 석탄운반선을 비싸게 사서 억지로 포탑을 우겨놓고 군함이랍시고 굴리는 것보다는 나아. 그런데 이렇게 많은 돈이 내탕금으로 있을 줄은 몰랐구나. 하긴, 나라 잃고 헐버트에게 내탕금을 찾아달라고 했으니 돈이 없는 것은 아니야. 있어도 쓸 줄을 몰랐던 거지. 이제 쓰는 법을 알려주면 돼.'

대한제국 최초의 군함인 양무호를 살 때 나라를 일본에게 빼앗긴 뒤 상해 은행에 예치했던 내탕금을 찾아서 독립운동자금으로 쓰려 했던 고종의 모습을 기억했다. 그리고 그에게 돈을 바로 쓰는 법을 알려줘야 한다고 생각했다.

감사한 마음으로 성한이 금관을 거둬들였다.

"전하의 은혜가 헛되지 않도록 최선을 다하겠습니다."

"믿고 기다리겠다."

"예. 전하."

그날 밤 숙소로 돌아온 성한이 책상 앞에 앉아서 연신 필기구를 끄적였다.

환웅함으로 돌아가기 전에 준비해야 할 것이 있었다.

성한을 보좌하는 정욱이 커피를 타고 들어와서 책상에 잔을 올려놓았다. 그리고 성한이 쓰는게 무엇인지 확인했다.

공책에 나란히 쓰여 있는 이름들을 보고 크게 놀랐다.

"뭐…뭡니까? 이건……?"

정욱이 목소리를 떨면서 물었고 성한이 펜을 내리면서 대답했다.

"우리가 먹어치울 사냥감들. 조선을 위해 식민 회사를 인수할 거야."

정욱의 눈동자가 크게 흔들렸다.

공책에 쓰여 있는 이름을 보고 흥분되지 않을 사람이 없었다. 그 이름들이 끊임없이 쓰이고 있었다.

다음 날 이른 새벽에 성한이 셔틀선을 타고 환웅함으로 돌아갔다.

함교에 사람들이 모여서 이희로부터 받은 내탕금을 확인했다. 함 속에 무수한 금관을 보고 이태성이 장난스럽게 말했다.

"이렇게나 많은데 하나 정도 제가 가져가면 안 됩니까?"

허윤이 손을 치면서 말했다.

"손 떼. 횡령이야."

"하나 정도는 없어져도……."

"어허~!"

까마귀 떼가 따로 없었다. 반짝이는 금을 보고 모두가 흥분하면서 금덩이에 손을 뻗었다.

기대감이 고조되기는 김인석과 장성호도 마찬가지였다. 장성호가 성한에게 받은 내탕금의 금액을 물었다.

"이게 대체 얼마입니까?"

"달러로 환산하면 20만 달러 정도일 겁니다."

"얼마 안 되는 군요."

"하지만 과거라는 것을 생각해야 됩니다. 물가 변동을 감안하면 우리 시대에선 5천 만 달러에 해당 됩니다. 그리고 조선의 경제 규모를 생각하면……."

"천문학적인 금액이군요."

"다른 나라에 가서도 쉽게 구경하기 힘든 돈입니다. 최소한 공장 몇 개를 지을 수 있습니다. 미국에 가서 회사를 차릴 겁니다."

성한의 이야기를 듣고 두 사람이 어리둥절했다.

김인석이 성한에게 물었다.

"조선에서 기업을 차리는 게 아니었습니까?"

다시 성한이 대답했다.

"계획을 바꾸겠습니다. 미국에서 기업을 차리고 시대를 선도하는 상품으로 이득을 낸 뒤 사냥에 나설 겁니다."

"사냥이라면……?"

"여기의 회사들을 전부 먹어치울 겁니다."

성한이 프린터로 뽑은 명단을 펼쳐서 보여줬다. 그리고 명단을 받은 김인석의 눈이 크게 떠졌다.

장성호에게 넘겨졌을 때 그도 똑같은 반응을 보였다.

[카네기 스틸, 스탠더드 오일, 포드, 크라이슬러, 제너럴 모터스, JP모건, 코카콜라, 록히드, 제너럴 일렉트로닉스, 무디스, 아머 앤드 컴퍼니, 스위프트 앤드 컴퍼니, 인터내셔널 하비스터, E.I. 뒤퐁 드 느무르 앤 컴퍼니, 메릴린치, 아메리칸 텔레폰, IBM, 코닥, 시어스, 폴라로이드…….]

"……?!"

19세기 말과 20세기 초를 주름잡는 기업들, 나아가 21세기, 22세기 까지 명맥을 잇는 기업들이 있었다.

그 기업들을 보고 장성호가 믿을 수 없다는 말투로 물었다.

"이…이걸 전부… 인수하겠다는 겁니까?"

성한이 대답했다.

"인수. 혹은 치킨 게임으로 말려 죽일 겁니다. 광활한 대지와 풍부한 자원을 품은 미국에서 시작할 겁니다. 그렇게 해서 조선을 지원하고 도울 겁니다. 조선인이 곧 유대인이 될 겁니다."

"유대인……!"

"미국을 조선의 식민지로 만들 겁니다."

전쟁과 무기로 세상을 통일하는 꿈을 품는 자들이 있었다. 그러나 그들의 꿈은 20세기에 들어와서 종말을 얻게 된다는 것을 알고 있었다.

성한이 보는 시대는 그 너머에서 찾아올 시대였다.

그 시대가 오기 전에 만반의 준비를 해서 한민족 역사상 첫 왕좌의 자리에 오르려고 했다.

그것이 미래의 지혜로 이룰 수 있는 최고의 꿈이었다.

미래로 돌아가야 한다는 바람이 옅어지기 시작했다.

사람은 생각보다 변화된 환경에 잘 적응하는 동물이었다.

조금씩 조선인으로 젖어들기 시작했다.

〈다음 권에 계속〉